김섬과 박혜람

제20회
세계문학상
수상작

임택수 장편소설 **김섬과 박혜람**

나무옆의자

차례

1

쿠르베의 〈상처 입은 남자〉 앞에는 아무도 없었다. 혜람은 상처를 입은 채 쓰러질 듯 나무에 기대어 누워 있는 사내를 바라보았다. 그녀는 이따금 사내가 반쯤 감긴 눈으로 그림 앞에 선 사람이 자신을 연민하는지 혹은 조롱하거나 불신하는 눈빛인지 지켜보는 것처럼 느껴지곤 했었다. 사내의 가슴에 한 손을 얹고 그의 어깨에 머리를 베고 누웠던 그의 연인을 상상해 보았다. 화가는 떠나간 연인이 남긴 아픔을 칼과 사내의 흰 셔츠에 묻은 붉은 피를 통해 보여 주고 있다. 만약 전 연인의 모습이 삭제되지 않고 원본 그대로 남겨졌다면 그림은 상상의 여지를 해치게 됐을까. 그럴지도 모른다고 혜람은 생각했다. 그녀는 목에 걸었던 미술관 가이드 자격증을 벗어 재킷 주머니에 넣었다. 그녀에게 당장 필요한 것은 물이었다. 세 시간 반 동안 그림을 해설하고 나니 평소보다 훨씬 목이 따가웠다. 불현듯 한 달 뒤에는 이 나라를 떠나야 한다는 생각에 목을 아끼지 않고 쉴 새 없이 떠들어서 그런지도 모른다. 명치께에서 싸하게 긴장감이 퍼져 올랐다. 미술관에서 오가며 얼굴을 익힌 한국 사람들이 눈인사하며 스쳐 지나갔다.

혜람은 그 집에서 한 해를 살았다. 준오의 집에 비하면 모든 게 불편했다. 그 집은 준오의 집에 딸린 화장실만 한 크기였다. 혜람은 세상에 태어나 그렇게 작은 원룸을 처음 보았다. 학교 친구인 디디에가 도움을 준 덕분에 집을 구할 수 있었다. 오래전 창고로나 사용했을까. 이 층과 삼 층 사이, 건물 계단참에 있던 자투리 공간으로 네 평쯤 돼 보였다. 그럼에도 빠진 것 없이 필요한 걸 다 갖추고 있었다. 왼쪽 벽에 딱 붙인 카키색 벨벳 카우치와 오른쪽의 복층 구조 침실을 갖춘 벽장이 서로 마주 보는 형국이었다. 좀 더 안쪽에는 식탁 겸 책상용 테이블이 있고, 미니 싱크대와 화장실이 오른쪽 벽을 따라 배치되었다. 혜람은 날개처럼 바깥벽에 고정해서 열어 둔 나무 덧문이 이 집에서 가장 마음에 들었다. 낡고 오래된 창문 밖으로 줄지어 선 광나무가 보였고, 광나무 가지 사이로 한적한 중정이 내려다보였다.

방은 작아도 창문은 커요, 라고 누군가에게 말하고 싶었다. 벽장 위 복층 구조 침실은 혹시라도 자다가 떨어질지 몰라 다용도 창고로 사용하고 잠은 카우치에서 잤다.

이사한 후 혜람은 가장 먼저 박쥐란을 창가에 걸었다. 그러고 나서 일주일 동안 밤낮없이 잠만 잤다. 자다가 눈을 뜨면 현재 자신이 있는 곳이 어디인지 몰라 잠결에 벌떡 일어나 옷매무시를 살폈다. 이른 아침인지 초저녁인지 구별되지 않는 희부연 빛이 방 안에 떠다녔다. 혜람은 그제야 정신이 들어 고개를 젓다가 다시 고꾸라졌다.

마침내 자신을 숨길 장소를 찾은 것이다. 혜람은 그 속으로 기어들어 가서 오래 잠을 잤다. 누군가가 우울증 초기라거나 번아웃 증후군이라고 해도 딱히 할 말이 없었다.

2

"괜찮으세요?"

미술관 오 층 원형 시계 앞은 사진을 찍는 방문객들로 떠들썩했다. 창밖의 에펠탑을 우두커니 바라보는 혜람에게 누군가가 말을 걸었다. 그녀는 화들짝 놀라며 돌아섰다. 이경준이라는 사람이었다. 그는 국제산림협력회 추계 학회에 참여차 파리를 방문했다고 했다. 정식 일정을 이틀 남겨두고 미술관 해설을 신청했었다. 혜람을 바라보는 그의 눈빛이 담백하고 점잖아 보였다. 혜람은 그를 포토존에 서게 하고 사진을 찍었다. 간격을 조절하며 배경 중심과 인물 중심으로 두 컷을 찍었는데 그는 얼굴이 크게 나온 인물 중심 사진을 더 좋아했다. 그는 파리의 공동묘지를 방문하고 싶다며 혜람에게 따로 시간을 낼 수 있는지를 물으며 비용이 얼마인지 궁금해했다. 혜람은 일정을 확인해 보고 답변을 드리겠다고 말했다.

"식물이 없는 세상, 어떨 것 같으세요?"

지하철 감베타역에서 만난 이경준이 페르 라셰즈 묘지로 올라가는 계단을 밟으며 혜람에게 물었다.

"한 번도 생각해 본 적이 없는 질문이네요. 식물이 없다면……."

혜람은 골똘한 표정을 지었다. 가장 먼저 그녀의 머릿속에 삭막하고 기하학적인 형태의 고층 건물들이 스쳐 갔다. 그 건물들 사이를 달리는 하이퍼루프와 새로운 인종으로 편입된 AI 로봇 집단이 인간과 뒤섞여 거리를 오가는 풍경이 그려졌다.

"좀 더 간단명료해요." 이경준이 말했다. "식물이 없다면 동물도 없어요."

그는 묘지에 들어서자 걸음을 멈춘 채 갈색으로 울창한 나무들에서 눈을 떼지 못했다. 차갑고 투명한 십일월의 공기가 수많은 무덤 위를 부유하고 있었다. 뭔가에 이끌리듯 그가 왼쪽 길로 걸어갔다. 77번 구역이었다. 작은 집 형태의 무덤들 뒤로 키 큰 침엽수들이 곧고 푸르게 자리를 지켰다.

"저 나무들 좀 보세요. 우듬지의 가지들은 서로 침범하지 않고 이웃 나무들과 아우러져 빛을 골고루 나눠 쓰고 있어요. 과학자들은 '꼭대기의 수줍음(crown shyness)'이라고 하죠. 적정한 거리를 두는 거지요, 서로를 위해. 가장 높은 곳의 잎들은 대체로 얇고 하늘거리는데 그건 아래에 자리한 키 작은 식물들의 성장을 위한 배려이고요. 나무들은 어떻게 그런 방식으로 서로 소통하고 조화를 이루며 살아가는 것인지……"

"혹시 직업이 식물과 관련이 있으세요?"

"나무 의사입니다. 나무도 사람처럼 아프면 병을 진단하고, 약을 처방해 치료하죠."

그는 나무 의사의 진료 대상이 아직 법으로 명시되지 않아 갈 길이 멀다며 짧은 미소와 함께 말을 마쳤다. 이를테면 시의 가로수 가지치기 같은 공공사업과 아파트 단지 내의 수목 관리 같은 민간사업을 예로 들어 말하려는데 갑자기 나무 한 그루가 눈에 띄었다.

"아, 이 나무는 고욤나무네요?"

그는 감나무와 흡사한 나무 앞에서 걸음을 멈췄다.

"학명이 디오스피로스 로투스(Diospyros Lotus)라고 해요.

디오스피로스(Diospyros)는 속명이기도 한데, 고대 그리스어에서 '제우스의 밀'이라고도 했대요. 로투스(Lotus)는 아시죠? 연꽃, 그러니까 합치면 '진흙 속의 연꽃'이 되는 거죠. 『오디세이아』에는 이렇게 등장한대요. 먹기만 하면 모든 걱정이 저절로 사라지는 기이한 식물로 말이에요. 오디세우스의 부하들이 이 땅에 상륙했다가 그곳 주민이 주는 이 식물 열매를 먹고는 귀향할 생각을 않고 눌러앉고 싶어 하죠. 그래서 오디세우스가 전부 끌고 와 결박한 다음에야 탈출하게 되었다죠. 저 자잘한 열매들 좀 보세요. 잘 익었네요."

그가 손끝으로 잎이 무성한 가지를 가리켰다.

"고욤나무 열매라면 새끼 감처럼 앙증맞게 생기지 않았나요? 어릴 적 할머니 집에서 봤는데 작은 항아리에 담아 삭힌다고 했어요. 맛이 떫죠?"

"맞아요. 예전엔 발효시켜 먹었더랬죠. 열매가 작은데 씨는 많고, 맛은 또 떫어 요즘처럼 먹거리가 흔했다면 아무도 먹지 않았을 거예요."

"그런데 저희 할머니는 그걸 아무한테도 안 주고 당신 혼자서 겨우내 드셨어요. 약이라면서."

"오래오래 사셨겠네요?" 그가 허허 웃었다.

혜람이 싱긋 웃고는 걸음을 멈추었다. 그러고는 오던 길을 가리키며 먼저 오스카 와일드를 만나는 게 어떻겠냐고 물었다.

"아, 저도 좋아합니다." 그가 말했다.

방문객이 가장 많다는 오스카 와일드의 무덤엔 색색의 입술 자국이 남아 있었다. 이경준은 미술관에서와 마찬가지로 풍경 사진을 찍지 않았다. 혜람은 조금은 신기하기도 하고 조금은 당황스럽기도 했다.

"당신을 평범한 사람으로 대하는 이는 사랑하지 마세요."

혜람이 말했다.

"네?"

이경준이 눈을 둥그렇게 뜨고 혜람을 보았다.

"오스카 와일드의 말이에요."

이경준이 고개를 끄덕이더니 혜람에게 한국에 오면 꼭 연락하라고 당부했다. 그러고는 백팩에서 무언가가 담긴 에코백을 꺼냈다.

괜찮으시다면, 이라고 그가 말을 줄이며 에코백을 혜람에게 내밀었다. 에코백 안에는 죽방멸치가 든 상자와 편강을 담은 네모난 플라스틱 용기가 있었다. 혜람은 덥석 받고 싶은 마음이 일었지만 거절했다.

"짐이 돼서 그럽니다. 돌아가면 쉽게 살 수 있는 것들이기도 해서요."

그가 팔을 내민 채 혜람을 바라보았다. 그녀는 고맙다고 인사하고 에코백을 받아 들었다.

"아, 잠깐만요."

이경준이 혜람의 한쪽 어깨를 바라보았다.

"어디서 왔을까?"

"네?"

이경준이 천천히 혜람의 어깨 쪽으로 손을 뻗었다. 혜람은 본능적으로 몸을 움찔했다.

"소나무허리노린재가 어깨 위에 앉아 있어요. 저기 스트로브잣나무에서 날아왔을 거예요."

그가 엄지와 검지로 작고 정교하게 생긴 절지동물을 잡아 조심스레 들여다보며 말했다.

3

혜람은 준오의 집에 남아 있는 짐을 찾으러 그의 집에 들렀
다. 냉장고 위에 있는 트랜지스터 라디오의 주파수를 룩셈부
르크 방송에 맞추었다. 남자 가수가 꽉 잠긴 목소리로 행복은
어디 있냐고 반복해 소리쳤다. 사랑도 해보고, 노래도 만들고,
가정도 이뤘는데 이 망할 놈의 슬픔은 욕조 위를 둥둥 떠다니
는 러버덕처럼 쉽게 가라앉지 않는다는 가사 내용이었다.

라디오 진행자들은 오늘이 사자자리 유성우가 밤하늘을
수놓는 날이라 달이 일찍 지기 때문에 예년보다 더 많은 별똥
별을 볼 수 있다는 말을 이어 갔다.

혜람은 조리대에 유리잔을 꺼내 놓고 주방 창으로 바깥을 내다보았다. 트레이싱페이퍼처럼 희부옇게 시야를 가린 방충망 너머 뒤뜰이 보였다. 준오는 선베드에 비스듬히 누워 무릎담요를 가슴께까지 덮고서 햇볕을 쬐고 있었다.

두 개의 술잔에 손톱 높이만큼씩 파스티스 원액을 채우고 물을 섞었다. 금빛의 말갛던 액체는 젖빛으로 희석이 되고, 옅은 아니스 향이 코끝을 건드렸다. 준오는 남쪽 지방 사람들처럼 파스티스에 얼음을 넣지 않았고, 혜람은 수월한 목 넘김을 위해 한겨울에도 얼음을 넣어 마셨다.

혜람은 뒤뜰로 나가기 전, 주방 벽에 걸린 찻잔 받침만 한 기압계를 들여다보았다. 손끝으로 유리 덮개를 톡톡 두드렸다. 가볍게 떨던 긴바늘이 열두 시 방향에서 눈금 1,015를 가리켰다. 눈금 아래 그려진 그림은 흐린 구간을 나타내는 사인으로 구름에 반쯤 가려진 해 모양이다. 정오 무렵의 기압에 맞춰 둔 짧은바늘은 두 시 방향에서 눈금 1,030을 가리키고 있었다. 한나절 동안 15헥토파스칼의 기압 차가 생겼다. 기압이 계속 내려가면 내일 오전쯤에는 비가 내릴 것이다.

준오는 읽고 있던 잡지를 내려놓고 잔을 받아 들었다. 두 사람은 서로의 눈을 피하며 건배를 했다.

"안 추워?"

혜람은 플라스틱 의자에 깊이 등을 파묻고 무릎담요를 덮었다.

"해가 났잖아."

준오는 고개를 뒤로 젖힌 채 얼굴에 떨어지는 햇볕을 즐겼다. 오랜만에 나타난 태양이었다.

집 모서리의 각진 그림자가 편백 밑동을 관통하는 시각이었다. 전나무 가지에 매달아 둔 풍경이 땡그랑거렸다. 찬바람이 불어와 준오의 곱슬머리를 헝클어뜨렸다.

두 사람은 나란히 앉아 사선으로 내려앉는 오후의 햇빛과 햇빛이 만드는 그림자를 물끄러미 바라보았다. 혹은 그 너머 어딘가에 시선을 던지며 실상은 아무것도 보지 않고 그저 멍하니 머릿속을 비우고 있는지도 몰랐다.

혜람은 이곳에서 오 년이라는 시간을 준오와 함께 보냈다. 어찌 생각하면 긴 것도 같고 또 어찌 생각하면 짧은 것도 같았다. 그녀는 이 집에서 딱 한 번 소음을 낸 적이 있었다. 석사 논문 지도교수 때문이었다. 그는 지독한 인종차별주의자였는데 특히나 한국인을 드러나게 경멸했다. 교수의 아내가 부시장을 지낸 기간에 전자제품을 만드는 한국 기업이 십 년 동안 면세 혜택을 보고는 세금을 내야 할 시기가 오자 공장을 철수하겠다고 했다. 하루아침에 직장을 잃게 된 지역민들이 공장을 점거해 연일 시위하고, 한국인 대표를 감금해 서울 본사를 위협하는 지경에 이르렀다. 아내의 그러한 고충을 지켜보았던 교수는 한국인은 근성이 약고 비열하다며 비난했다. 어쩌면 혜람을 경멸했을지도 몰랐다.

교수가 뒤늦게 논문 주제를 바꾸는 게 좋겠다고 혜람을 압박했을 때 그녀는 집으로 돌아와 참을 수 없는 분노로 책상에 펼쳐져 있던 사전을 집어 벽을 향해 힘껏 내던졌다. 낱장의 가장자리가 나달나달하게 닳은 사전은 그저 맥없이 바닥에 널브러졌다. 준오는 자신의 모든 신경을 동원해 집중해야 할 사건이 아니었으므로 혜람에게 담담히 조언을 건넸다. 심지어는 객관적인 시선을 유지한다는 명분으로 지도교수를 이해한다는 말까지 했다.

어제 준오는 특별 메뉴를 준비하겠다며 약간 들떠 있었다. 혜람은 처음부터 자신은 이 집에 맞지 않는 사람이 아니었는지 소고기뭇국을 뜨면서 고개를 주억거렸다.

준오가 "아 따블(À table)!"이라고 경쾌하게 식사 준비가 끝났다는 신호를 보냈다. 인덕션 위에서 끓고 있는 냄비 속을 들여다보았다. 오래 삶겨 조금 휘어진 형태의 우설 덩어리가 국물에 잠겨 있었다. 크고 두툼해 마치 바닥을 보이며 뒤집

헌 어린아이의 발처럼 보였다. 혜람은 숨을 멈추고 미간을 찌푸린 채 눈길을 돌렸다. 준오는 그녀의 마음을 읽었는지 "물고기든 닭이든 돼지든 모든 척추동물은 혀를 가지고 있다"고 말했다. 장기의 하나라고 생각하면 간단해진다고 덧붙이면서. 이럴 때 보면 준오가 더 단순하고 건강한 소시민의 삶을 누리는 것 같았다. 하기는 닭발도 먹는데, 모든 게 마음먹기에 달린 건지도 몰랐다. 그럼에도 혜람은 먹을 엄두가 나지 않았다. 준오가 실눈을 뜨고 혜람을 쏘아보았다. 처음이 어려운 법, 혜람은 자기최면을 걸면서 우설 조각 하나를 입에 넣었다. 설겅설겅 대충 씹는 척하다가 단번에 삼켜 버렸다. 준오는 잃었던 식욕을 되찾은 것처럼 고기 건더기를 다 먹어 치운 다음, 접시에 남아 있는 국물까지 빵으로 찍어 먹었다.

매캐한 연기가 뒤뜰에 떠돌았다. 테라스에서는 보이지 않는 정원 왼편에 콘크리트 블록을 쌓아 올려 만든 네모난 퇴비장이 있었다. 오늘 아침 혜람은 서재의 장롱에 보관했던 문서와 자료들에서 소각할 것을 따로 추려서 퇴비장에 버렸다. 대학원 과정의 행정 관련 문서와 학위 논문의 주제였던 19세기 화가들에 관한 자료가 대부분이었다. 파일들 사이에서 사진 한 장이 떨어졌다. 사진 속에서 웃고 있는 가족은 명백한 거짓처럼 거부감이 들었다. 그들은 혜람을 술래로 남겨 놓고 혜람이 찾아내지 못하는 어딘가에 숨어 버린 것 같았다. 혜람은 아주 오래전의 흐릿한 기억과도 같은 사진 속 얼굴들을 잠시 들여다보다가 그것마저 미련 없이 버리기로 했다.

혜람은 오랜 소송을 끝낸 것처럼 마음 한구석이 시원섭섭했다. 마치 시간의 흔적들을 파괴하듯 소란함도 없었다. 미래와 과거가 맞물려 돌아가는 사이, 보존되는 것은 없고 남은 흔적들은 혜람에게 속하지 않는 것들이었다.

준오는 몇 년이 지난 잡지를 훑어보고 있었다. 이 잡지가 집으로 배송되던 때의 화창한 봄날은 꾸며 낸 이야기 같았다. 풀 냄새를 맡으며 맨발로 뒤뜰의 잔디밭을 걷던 혜람의 노래도 시간이 흩어 버렸다. 모두가 거짓이고 처음부터 없었던 것은 아닌지, 어느새 자신이 너무 관조적으로 변해 버린 건 아닌지 걱정스러웠다.

준오의 정수리는 새치가 나서 마치 후추를 뿌린 것처럼 희끗희끗했다. 준오는 언제부턴가 염색이나 옷차림 따위엔 시간을 들이지 않았다. 식탁에서는 물론이고 테라스에서 독서를 하거나 담배를 태울 때도 늘 술잔을 곁에 두었다. 혜람은 술을 즐기지 않았다. 아직은 취한 상태에서 실수를 하거나 필름이 끊긴 적이 없었다. 언제나 바닥에 두 발을 딱 붙인 상태여야 안심이 되었다. 하지만 그와 살면서 혜람은 기꺼이 그에게 보조를 맞추기로 했었다. 적당히 몽롱한 게 불쾌하지 않았다. 반쯤은 자신을 놓아 준 것도 같았고, 알맞게 따뜻한 물속에 들어앉은 것처럼 온몸이 노글노글해져 마음마저 더욱 관대해지는 느낌이었다.

오 년 전의 준오는 까칠하고 예민하고 이기적이었는데 지금은 무신경하고 둔해져 눈에 띄지 않는 돌멩이 같았다. 그가 식탁 위에 놓인 작은 화분을 가리키며 "네가 좋아하니까 샀어"라고 말한 후 입가에 웃음을 지었다. 포장지에 싸인 작은 화분에는 자잘한 별 모양의 보라색 꽃이 잔뜩 피어 있었다. 그녀가 꽃 이름을 묻자 "그걸 묻지 않았네"라고 그가 심드렁하게 대꾸했다.

그녀는 가슴이 답답해질 때면 집 안 구석구석에 걸린 거미줄을 걷어 내며 기분을 조절했다. 벽난로 위 선반에는 또록또록한 초록 잎을 뽐내는 다육식물이 여러 개 모여 있었다. 준오는 다육식물을 좋아했고, 혜람에게 그것에 대해 말하기를 즐겼다. 그때마다 혜람은 준오에게서 생명력을 느끼곤 했다.

"귀찮게 안 하고 알아서 잘 자라잖아."

보통 다육식물은 알뿌리를 가졌거나, 다른 식물을 타고 오르거나 이도 저도 아니면 바닥을 포복해 자신의 자리를 확장해 가는 근성이 있었다. 다육식물의 번식 속도를 보면 참으로 기특하고 마음이 뿌듯했다. 이상적이지 않은 환경에서도 버텨 내는 근성. 허공에서 손을 흔들듯 구불텅한 생명력을 뿜어 내는 카라솔을 보면 뭐가 그리 반갑냐고 묻고 싶었다.

혜람은 차고 투명한 촉감을 생각하며 화초의 잎을 만져 보았다. 뜻밖에 화초는 플라스틱이었다. 그녀는 감쪽같은 조화의 만듦새가 그저 놀라울 따름이었다. 화분 밑바닥에 가격표가 그대로 붙어 있었다. 화분이나 바구니 하나를 고르더라도 왕골인지 라탄인지 재질까지 따지곤 했는데 지금의 준오는 게을러진 것인지 의욕 상실인지 알 수 없을 정도로 매사에 무관심했다.

준오는 해가 사라졌다며 투덜대더니 바닥에 잡지를 내려놓고 실내로 들어갔다. 혜람은 갑판 위에서 햇빛을 즐기는 사람처럼 조금은 한가하게 해의 궤적을 지켜보았다. 이곳에서 지냈던 시간이 마치 긴 휴가처럼 다가왔다.

준오가 담배를 입에 문 채 멀거니 동쪽을 바라보았다. 그가 바라보는 것이 집 모퉁이에서부터 띄엄띄엄 서 있는 뒤뜰의 편백들인지, 아니면 뒤뜰 가장자리의 관목 울타리인지, 그 울타리 너머에 있는 이웃의 집인지 혜람은 묻지 않았다. 다만 눈을 가늘게 뜨고서 옆집을 바라보았다. 뒷마당에 바비큐 그

릴이 놓여 있었다.

옆집의 에릭은 이따금 준오와 혜람을 저녁 식사에 초대했었다. 에릭의 아내 레나는 준오의 전 연인이었다. 그들이 이미 법적으로 남남이었을 때 혜람은 준오와의 동거를 시작했다. 준오와 레나는 갈라서기 전까지 같은 꿈을 키웠었다. 이집을 처분하고 이웃한 폐가를 사서 작고 따뜻한 집을 새로 올리는 것. 그들만의 소박하고 단순한 꿈이 그들의 관계를 더단단히 결속시켰다. 레나의 인테리어 감각과 준오의 미적 감각이 만나면 근사한 집이 나올 거라고 모두가 기대했었다. 공사가 예정대로 진행되어 가던 그 기간에 직장 동료였던 레나와 에릭은 연인 관계로 급속히 발전하게 되었다.

준오와 레나는 헤어지기로 합의했다. 서로를 위해 내놓은 최선책은 준오가 집의 명의를 그대로 갖고 레나는 새집으로 옮기는 것이었다. 따라서 리뉴얼 공사에 쏟아부은 은행 대출금은 레나가 갚는다는 조건이 붙었다.

에릭은 중학생 시절부터 가수가 되겠다고 기타와 드럼을 배웠지만 열여덟 살에 오토바이 사고를 겪었고 그 후유증으로 한쪽 다리를 살짝 절었다. 육 개월의 병상 생활을 마친 후 재활 과정을 거치면서 그가 품었던 가수의 꿈은 끝장나 버렸다. 그렇다고 자신의 궤도를 아주 벗어난 것은 아니었다. 대학 졸업 후 곧장 시립 미디어센터에서 음악 프로그래머로 일을 시작했다. 결혼하고, 이혼하고, 그리고 두 번의 연애까지 망친 후 세 번째 연인인 레나를 만나 정착하는 느낌이었다.

"진짜 끝난 거야?"

마지막 저녁을 함께했던 날, 에릭은 바비큐 장치에 숯을 쏟아부으며 혜람에게 물었다.

"그래." 혜람이 대답했다.

에릭이 절레절레 고개를 흔들었다. 그러다가 실내에서 상차림을 준비하고 있는 준오와 레나를 흘깃 쳐다보았다. 뭔가 재밌는 얘기가 오갔는지 두 사람은 웃음을 터뜨렸다.

"요즘 그림도 안 그리는 것 같던데?"

에릭이 준오를 두고 하는 말이었다.

"다행히 실업자는 아니잖아."

준오는 중학교에서 십 년 넘게 미술 실기 교사직을 유지하고 있었다. 창작 활동은 취미로 즐겨도 좋지 않을까, 혜람은 그런 생각을 한 적이 있었다.

그날 혜람은 에릭네 뒷마당에서 준오와 함께 살았던 집을 바라보았다. 야트막한 둔덕 아래쪽에 있는 집은 구덩이에 반쯤 파묻힌 것처럼 보였다. 붉은 지붕과 노란 벽돌로 만든 건물은 마치 오래된 공소 같았다.

늘 그랬듯 에릭이 주로 고기를 구웠고 레나는 그때그때 모자란 빵이나 술을 주방에서 챙겨 왔다. 준오의 술잔을 채울 때면 에릭이 슬그머니 혜람의 눈치를 살폈다. 혜람은 자신의 술잔을 에릭에게 내밀었다.

"요즘도 성당에 나가?" 혜람이 에릭에게 물었다.

"유일한 즐거움이잖아."

에릭이 자세를 고쳐 앉으며 말했다.

성당 얘기를 할 때면 에릭의 푸른 눈동자는 유리알처럼 더욱 반짝거렸는데 영성체하기 전에도 저런 표정을 짓지 않을까, 하고 혜람은 생각했다.

에릭은 주일마다 성당에 갔다. 종교 교리에 부적합한 사랑을 반복했지만 그래도 일요일이면 시내에 있는 대성당에서 성가대의 일원으로 하느님을 찬양했다. 그는 근사한 테너 솔리스트였는데, 그의 목소리는 기타보다 오르간에 더 잘 어울린다고 언젠가 레나가 말했다.

몇 해 전, 한창 테러가 기승을 부렸을 때, 벤 젤룬은 『르몽드』지에 '이슬람(islam)'이라는 글자가 '평화(salaam)'라는 말에서 유래했다고 썼다. 그 기사를 읽은 에릭이 "평화가 아니고 복종이다"라며 어원사전을 가지고 와서 증명하겠다고 한 바탕 소란을 일으켰다고 했다. 죽을 만큼 힘들게 일해서 세금을 내고, 그 세금이 누구를 위해 쓰이는지 너무도 잘 알고 있다며 그는 종종 이를 갈았다.

집 모서리의 그림자가 둔각에서 예각으로 쭉 뻗어 줄지어 선 편백의 허리까지 기어 올라가 있었다. 나머지 다른 각도의 그림자는 소실점을 향해 뻗어가는 길처럼 보였다. 편백의 반대편에 서 있는 버드나무는 펼쳐진 한쪽 날개 모양의 그림자를 잔디밭에 드리웠다. 버드나무 그림자의 끝자락이 편백에 다가가면 편백의 그림자는 그만큼 물러났다. 버드나무 그림자는 이제 양쪽 날개를 활짝 펼친 것처럼 널찍해졌다. 집 그림자는 어느새 편백의 우듬지까지 기어오르며 잔디밭에 드리운 모든 그림자와 어울려 동쪽으로 미끄러지듯 뻗어 나갔다. 마치 단 하나의 방향으로 항해하는 검은 배 같았다.

주방 창을 통해 조리대 앞에 선 준오가 흐릿하게 보였다. 준오는 저녁을 준비하면서 파스티스를 홀짝거리고 있었다. 혜람은 주방으로 들어가 창턱으로 옮겨 둔 라디오의 볼륨을 높였다. 〈꾸꾸루꾸꾸 팔로마〉가 흥겨운 리듬으로 흘러나왔다. 카에타누 벨로주가 아니고 남성 중창단의 화음 같았다. 멕시코 전통 복장에 솜브레로를 쓴 남자들이 무대에서 노래하는 장면이 떠올랐다.

마디마다 마라카스 소리가 들리고 후렴구에서 갑자기 트럼펫이 튀어나왔다. 준오는 멜로디를 흥얼거렸다. 혜람은 그가 준비한 훈제 송어와 멜론이 담긴 접시를 들고 테라스로 나갔다.

집 모퉁이의 편백나무 꼭대기에 멧비둘기 한 마리가 앉아 속삭이듯 울었다. 별안간 뒤뜰이 평온해졌다. 해는 이웃집 지붕 위의 서쪽 하늘을 벌겋게 물들였다. 둔탁한 담처럼 줄지어 선 남동쪽의 측백나무 옆에 잿빛의 조류가 나타나 한가로이 산책하듯 풀밭을 거닐었다.

"저게 뭐야?"

혜람이 입안에 음식물을 넣은 채 말했다.

"까투리네!"

준오의 목소리가 약간 흥분한 것처럼 들렸다. "저기 장끼도 있어." 준오가 혜람을 돌아보았다.

까투리보다 몸집이 크고 붉은빛 깃털을 가진 장끼는 두 사람 쪽을 빤히 보며 정물처럼 꼼짝하지 않았다. 잠시 후 장끼는 한쪽 다리를 다쳤는지 깡충거리며 풀밭을 쪼아 댔다.

"덫에 걸렸었나 봐."

준오가 말했다.

"저걸 잡아먹겠다고 덫을 놓은 거야?"

"어릴 때 시골에서 먹어 봤는데 맛이 괜찮아."

준오가 엄지를 세워 보였다.

"그럼 잡아서 내일이라도 먹을까?"

혜람은 마음에도 없는 농담을 했다. 준오가 고개를 가로저었다.

"꿩은 잡아서 바로 먹는 것보다 좀 삭혀야 제대로 맛이 나."

준오는 어릴 때 시골 할아버지를 따라 꿩 사냥을 간 적이 있었다.

"꿩을 잡으면, 처마 밑에 매달아 놓고 기다려야 해. 저절로 목이 뚝 끊어질 때까지. 그러면 고기가 연해지거든. 퍼장데 (faisander)라는 동사가 그래서 생겼을 거야, 아마도."

"굳이 왜 삭혀 먹어?" 혜람이 물었다.

"옛날 사람들은 치아가 부실했잖아. 우리 할아버지처럼."

준오가 말했다.

혜람은 피가 굳고 내장이 썩어 가는 꿩을 떠올려 보았다. 어디선가 고약한 냄새가 풍겨 오는 것 같아 미간이 찌푸려졌다.

라디오에선 유성 얘기가 또 흘러나왔다. 진행자가 "오늘 날씨가 흐린 지역은 정말 유감입니다"라고 말했다.

"오늘 밤 유성을 보긴 틀린 건가?"

혜람이 혼잣말처럼 중얼거렸다.

"유성은 매일 떨어져. 눈 깜짝할 사이에 나타났다가 사라지거나 유성인지도 모르고 우리가 지나칠 뿐이야."

준오가 밤하늘을 올려다보았다.

"오늘 유성은 속도가 아주 빨라 못 볼 수도 있다던데?"

풀벌레 소리가 낮게 깔렸다. 어느새 어둠이 짙어져 차갑고 습한 바람이 목덜미를 파고들었다. 무릎담요 한 장으로 막기엔 이제 제법 날씨가 쌀쌀해졌다.

자세히 보면, 늘어진 버드나무 가지 끝이 살랑거리는 게 보였다. 박쥐들이 허공에 원을 그리며 날아다녔다. 낮게 깔린 잿빛 구름이 북쪽으로 이동했다.

"아, 저기 유성이야!"

혜람이 고개를 젖히고 큰 소리로 말했다. 동북동쪽 밤하늘에 작은 빛이 나타났다 사라졌다.

준오가 의자에서 일어나 밤하늘을 올려다보았다.

"저건, 비행기잖아"라고 고개를 젖힌 채 말했다.

"유성이야. 꼬리가 긴 걸 보니 궤도에 진입한 각도가 낮았던 게 아닐까?"

혜람이 다시 반짝거리는 불빛을 올려다보았다.

"유성을 기다린 거야?"

준오가 웃음기 밴 목소리로 물었다.

"아니, 뭐……."

"무슨 소원을 빌 거야?"

준오의 말투가 장난스러워졌다.

"이미 하나는 이뤄진 셈이야."

혜람이 한숨을 내쉬었다.

"바란다고 소원이 이뤄진다면 이 세상에는 불행한 사람이 없겠다."

준오의 말이 천진한 소망을 뜻하는 건지 냉소적인 마음을 드러낸 건지 알 수 없어서 혜람은 준오의 옆모습을 돌아보았다. 어둠 때문인지 준오는 낮보다 피곤해 보였고 모든 의지와 욕구가 소진된 사람처럼 무기력하고 어두워 보였다.

"지금 몇 시쯤 됐지?"

혜람은 혼잣말을 하고는 자리에서 일어났다.

"열한 시는 넘었을걸." 준오가 빈 잔을 혜람에게 건넸다. "가는 길에 주방에다……."

혜람은 서재로 가서 휴대전화와 태블릿을 집어 들었다. 11시 20분. 화면 귀퉁이에 첫 번째 와이파이 수신 막대가 나타났다.

"이곳은 지구의 똥구멍이야, 그래서 와이파이도 터지지 않아. 대체 인 파리는 언제 이뤄지냐?"

언젠가 에릭이 취중에 떠들었던 말이 기억났다.

혜람은 사람들 사이에서 서툴고 부주의한 자신을 만날 때면 이빨로 손등을 깨물고서 혹시 이 땅에 사람으로 태어난 게 처음이 아닐까, 하는 엉뚱한 의구심에 사로잡혔다.

밤은 깊어 가고 추위는 더욱 심해졌다. 어둠을 흡수한 뒤뜰의 나무들은 주변의 어둠보다 더욱 어두워졌다. 혜람은 태블릿에 띄운 별자리 관측 앱으로 사자자리 방사점을 가늠해 보았다. 와이파이가 자꾸 끊어졌다. 휴대전화로 시간을 확인했다. 11시 29분에서 30분으로 숫자가 바뀌었다. 밤하늘에는 별이 보이지 않았다. 낡은 회색 장막을 친 듯 우중충했다.

별들이 죽어 가는 밤. 회색 구름은 죽어 가는 잔별들을 은폐했다. 혜람은 기도를 했다. 혜람도 자신이 언젠가는 행복해질 거라고 믿고 살았다, 다들 그러듯이.

"다시 보면 좋겠어." 준오가 말했다.

준오의 눈빛이 어둠에 가려 보이지 않았다. 혜람은 실루엣으로 보이는 준오의 얼굴에서 오른쪽 귀를 찾았다. 맨드라미 같은 그의 귀가 혜람의 손안에 맞춤하니 들어왔다. 혜람이 준오의 집을 떠난 뒤, 준오는 지독한 감기에 걸려 고열과 오한으로 일주일을 앓았다. 그 후로 한쪽 귀가 먹먹하니 잘 들리지 않게 되었다. 처음엔 고열 감기로 인한 돌발성 난청이라고 짐작했는데 의사는 준오의 오른쪽 귀 청신경이 이미 반이나 소실됐다고, 감각신경성 난청은 현대 의학으로도 뾰족한 치료 방법이 없다고 말했다.

"네가 만드는 음식도 가끔 먹고 싶어. 특히 김치."

"김치?"

혜람은 그의 말에 빙긋 웃었다. 그녀는 프랑스에 온 이후, 시험을 앞두면 꼭 아침에 김치를 먹고 나가야 했다. 다만 식자재가 마땅치 않아 고춧가루와 마늘 대신 베트남산 액젓에 칠리소스를 섞은 자신만의 레시피로 만든 김치였다.

"궁금한 게 있는데, 언제부터 김치를 담글 줄 알았어?"

준오의 눈이 빛났다. 이런 질문은 처음이었다.

"열다섯, 아니 열여섯 살이었지, 아마." 혜람이 말했다.

엄마가 돌아가시고 이모 집에서 얻어다 먹곤 했던 김치는 생각보다 금방 떨어졌었다. 그러면 마트에서 사 먹을 도리밖에 없었는데 혜람은 엄마의 김치 맛이 생각나 밥맛을 잃곤 했었다.

"그런데 내 요리의 시작은 깍두기였어. 그게 훨씬 쉬웠거든. 깍둑깍둑."

혜람은 무를 써는 시늉을 했다. 그녀가 엄지와 검지를 동그
랗게 모아 입에 댔다가 튕기듯 떼어 냈다.

"내일 영화도 보고 김치도 담글까?"

혜람은 준오를 돌아보았다. 어둠 속에서 준오의 뺨이 번질
거리는 것 같았다. 혜람은 주방으로 들어가 스위치를 올렸다.
그리고 두 개의 유리잔에 파스티스를 따랐다.

"난, 번아웃이야." 실내로 들어온 준오가 말했다. 그의 눈가
가 울고 난 것처럼 짓물러 있었다.

"좋은 꿈을 위해."

두 사람은 잔을 들어 살짝 부딪쳤다. 서로 눈을 피하면서.

4

이 순간, 어디선가 누군가는 생을 마감하고 또 누군가는 세상에 첫발을 들이밀 것이었다. 혜람은 준오가 잠든 후에 조심조심 침실을 빠져나왔다. 자꾸만 갈증이 일었다. 부엌으로 가서 유리잔에 파스티스를 따랐다. 이번에는 원액을 좀 많이 넣었다. 주위는 고요하고 공기는 서늘했다. 혜람은 서재로 가서 책상 위의 스탠드를 켰다. 의자에 앉아 방 안을 둘러보았다. 이 집은, 이 방은 언제나 어둑하고 습하고 추웠다. 혜람은 잔을 들어 천천히 남은 술을 들이켰다. 그러고 나서 책장으로 가서 책 한 권을 뽑아 들었다. 블랑쇼의 『문학의 공간(L'espace littéraire)』이라는 책에는 포스트잇으로 표시해 둔 흔적이 여러 페이지에 남아 있었다. 그녀는 카펫 바닥에 앉아 책을 펼쳤다. 밑줄이 쳐진 문장 옆에 연필로 쓴 '간격'이라는 글자를 들여다보았다. 그때 스탠드 불빛이 꺼졌다. 그녀는 스탠드에 연결된 전선을 만져 보았다. 다시 반짝 불이 들어왔다. 곧이어 딩동, 하고 초인종이 한 번 울렸다. 그 소리의 여운에 망설이는 손끝이 느껴진 것도 같았다. 혜람은 벽시계를 보았다. 새벽 한 시 이십 분. 상식 밖의 행동이었다. 그런 생각이 들자 슬그머니 겁이 났다. 그녀는 두 손으로 책을 든 채 꼼짝하지 않았다. 그러다 생각 없이 자리에서 일어섰다. 준오는 아무것도 모르고 자고 있을 터였다. 그가 잠꼬대하는지 중얼대는 소리가 서재까지 건너왔다. 혼자 지낼 그를 생각하자 혜람은 코끝이 시큰해졌다. 아무 일 없다는 듯 주위는 다시 잠잠해졌다. 초인종을 누른 이는 문 앞을 떠난 것 같았다. 다시 책을 읽은 지 일 분이 지나지 않아 딩동딩동, 하고 초인종이 울렸다. 혜람은 자리에서 벌떡 일어났다.

"누구세요?"

문 가까이에 귀를 대고 혜람이 물었다.

"이웃이에요."

문 너머에서 낯선 여자의 목소리가 들려왔다.

"무슨 일이죠?"

혜람이 헛기침을 한 번 했다. 여자가 즉각 말을 이었다.

"당신 집 헛간에 불이 났어요. 정상인가요?"

여자가 한낮에 대화하듯 담담하게 말했다. 그제야 혜람은 퇴비장을 떠올렸다. 불씨가 남았던 것일까.

"아, 정상이에요, 정상!"

혜람이 말했다.

"정상이라고요?"

여자가 미덥지 않다는 듯 되물었다.

"네, 네. 모든 게 정상이에요."

혜람의 대답이 뜻밖이었는지 문밖에서 누군가가 웃는 소리가 들렸다.

"아, 그렇다면⋯⋯." 여자는 더 말이 없었다.

방문객들은 발소리도 내지 않고 문 앞을 떠난 듯했다. 혜람은 재빨리 뒤뜰로 뛰어나갔다.

사방은 컴컴한 어둠 그 자체였다. 바람이 거세게 불어쳤다. 접힌 파라솔이 덜거덕거리고 풍경 소리가 자지러졌다. 탄내가 뒷마당에 진동하고 있었다. 실내에서 흘러나온 불빛이 테라스를 비추었다. 그 불빛에 의지해 한 발짝씩 계단을 올라갔다. 희끄무레한 연기가 일제히 테라스 쪽으로 몰려오고 있었다.

집 모퉁이의 편백나무를 지났을 때, 혜람은 그 자리에 우뚝 멈추어 섰다. 마치 이글대는 태양의 축소판 같았다. 퇴비장에서 시뻘건 원형의 불덩이가 어둠을 밀어내며 타오르고 있었다. 혜람은 입을 헤벌린 채 불타오르는 불덩이를 쳐다보았다. 별안간 알 수 없는 쓸쓸함이 훅 끼쳐 왔다. 앞을 분간할 수 없는 어둠 속에 오롯이 혼자서 이 불덩이를 마주하고 있는 것 같았다. 불덩이의 환한 내부엔 층층으로 겹친 고리 같은 게 숨을 쉬듯 오르락내리락하고 있었다. 바람이 집 쪽으로 불었다. 구름 떼 같은 연기가 뭉떵뭉떵 솟아났다. 불티가 마른 나뭇가지로 옮겨붙지 않을까 걱정스러웠다. 혜람은 서둘러 헛간으로 걸음을 옮겼다. 깜깜한 그곳에서 더듬거리는데 삼발 쇠스랑이 손에 잡혔다. 그녀는 그것으로 불덩이를 조금씩 눅일 참이었다. 쇠스랑 자루를 움켜쥔 채 먼저 손댈 곳을 가늠해 보았다. 그때, 불덩이에서 어떤 기척이 났다. 누군가 불덩이 속에서 걸어 나오고 있었다. 아니 정확히 말하자면 미끄러지듯 쏙 빠져나왔다. 다름 아닌 쿠르베(Gustave Courbet)였다. 혜람은 쇠스랑을 손에서 떨어뜨렸다. 뒷걸음질 치며 두 손으로 입을 막았다. 어디선가 흐릿한 아니스 향이 풍겨 왔다. 므슈 쿠르베? 혜람은 엉거주춤 한 손을 들어 쿠르베에게 인사했다. 그는 알프레드 브뤼야스를 만났을 때처럼 배낭을 짊어지고 한 손에는 지팡이를 들고 있었다.

"봉수아 혜람(Bonsoir Hyeram)!"

일렁거리는 그가 혜람에게 인사를 했다. 그는 혜람을 조용히 바라보더니 싱긋 웃었다. 앞으로 내뻗친 턱수염이 눈에 띄었다. 준오를 깨워야겠다고 생각하는데, 쿠르베는 금세 연기에 섞여 어둠 속으로 사라졌다. 마치 증발하듯이. 혜람은 얼른 고개를 돌려 불덩이를 뚫어지게 노려보았다. 거기서 또 누군가 빠져나오고 있었다.

5

공항은 거대한 밀실이자 동시에 광장처럼 느껴졌다. 혼자
가 아니라 많은 사람이 실내에 들어찬 풍경 때문에 그렇게 느
끼는지도 모른다. 탑승 게이트 앞에는 빈자리가 없었다. 혜람
은 마땅한 자리를 찾아 두리번거렸다. 가는 곳마다 사람들로
북적거렸다. 그녀는 가장 멀리 있는 게이트까지 걸어가 마침
내 자리를 잡았다. 사람이 적어 공기는 약간 쌀쌀했지만, 조
용해서 좋았다.

손톱만 한 눈송이들이 바람을 타고 통창으로 달려들었다.
눈송이 위에 눈송이가 겹치며 녹아내렸다. 짐을 실은 수화물

트랙터가 혜람의 시야에 들어왔다 어딘가로 사라졌다. 비행장을 오가던 제설차가 눈을 밀어내다 내버려두고 방향을 바꿔 활주로를 벗어났다.

오늘 아침부터 그녀는 머릿속이 하얗게 빈 것 같았다. 로렌 공항에서 낡은 에어버스를 타고 파리까지 이동하는 동안, 그녀는 한 번도 입을 열지 않았다. 말없이 고개를 끄덕거리거나 때론 가볍게 가로젓기만 해도 소통에는 문제없었다. 이륙한 지 이십 분쯤 지났을 때, 비행기가 난기류 속으로 진입했다. 창문 밖으로 허옇게 퍼져 있던 구름장이 기체를 핥으며 지나갔다. 엊저녁 티브이에서 보았던 중부지방의 눈 소식이 그녀의 머리에 스쳤다. 몇십 년 만에 쏟아진 폭설은 다행히 동북부에 있는 메스(Metz)를 피해 갔다. 그저 무겁게 내려앉은 잿빛 하늘이 모젤강에 맞닿아 있을 뿐이다.

비행기가 다시 흔들리기 시작하더니 별안간 덜컹거리며 급강하하면서 식판대까지 요란하게 덜거덕거렸다. 옆자리의 중년 남자가 짧은 신음을 삼키며 몸을 웅크렸다. 추락할 수도 있다는 생각이 든 순간 가장 먼저 떠오른 건 준오의 얼굴이었다. 상상 속에서조차 그는 그녀에게 손을 내밀지 않은 채 멀거니 보고만 있었다.

얼마 지나지 않아 비행기는 평형 상태를 되찾았다. 눈 덮인

지붕과 들판과 도로에 계속 눈이 내렸다. 비행기가 균형을 유지하며 조금씩 고도를 낮추자, 멀지 않은 곳에 눈을 뒤집어쓴 샤를 드골 공항이 모습을 드러냈다.

인천행 비행기에 탑승한 혜람은 등받이에 머리를 기대고 눈이 쏟아지는 비행장을 내다보았다. 활주로는 사라진 지 오래였고 지평선도 보이지 않았다. 바깥은 눈보라가 휘몰아치는 시베리아 벌판을 떠올리게 했다. 승무원들이 따뜻한 물수건과 음료와 샌드위치 따위를 나눠 주었다. 신문 넘기는 소리와 식판대를 펼치는 소리, 간간이 외국어에 섞인 한국어가 두드러지게 들렸다. 혜람은 지난밤에 잠을 설쳤다. 두 눈이 뻑뻑하고 잇몸은 간질거렸다. 그녀는 김이 서린 창문에 이시리스의 눈을 그려 보았다. 눈동자 속에서 눈물 같은 눈발이 펑펑 쏟아졌다.

항공편의 운항이 취소되었다는 안내방송이 흘러나왔다. 세 시간의 지연 끝에 들려온 소식이었다. 승객들이 웅성거리기 시작했다. 여기저기서 불만의 소리가 터져 나왔다.

"아이 윌 네버 겟 더 퍽 아웃 오브 히어(I will never get the fuck out of here)."

영국식 영어를 사용하는 옆자리의 남자가 눈을 부라렸다.

혜람은 자리에서 일어나 남자를 내려다보았다. 그는 자리에서 일어나지 않은 채 두 무릎을 배 쪽으로 당겨 길을 내주었다.

어느새 비행장에는 저녁 어스름이 내려앉았다. 혜람의 입에서 피식 웃음이 새어 나왔다. 펄펄 날리는 눈이 마치 자신의 귀국을 막으려는 운명의 짓궂은 계략처럼 여겨졌다.

6

항공사 직원들이 출국 게이트 근처에 임시 창구를 만들어 승객들을 상대하고 있었다. 동양인 단체 관광객들이 깃발을 치켜든 가이드를 따라 어딘가로 몰려갔다. 피로한 낯빛의 승객들은 우두커니 자리에 붙박여 창밖만 바라보았다.

"로마행은 떴는데 왜 인천행은 취소된 거요?"

구레나룻을 기른 외국인이 항공사 직원에게 따져 물었다.

"저도 모릅니다. 관제탑의 지시를 따를 뿐입니다."

젊은 남직원이 모니터에 눈을 둔 채 대답했다.

"절 따라오세요!"

또 다른 직원이 두 손을 둥그렇게 입가에 대고 큰 소리로
외쳤다.

그의 뒤를 쫓아 승객들이 몰려갔다. 혜람도 무작정 그들에
휩쓸려 걸었다. 캐리어 바퀴들이 동시에 구르며 요란한 소리
를 냈다. 일제히 구령에 맞춰 적진으로 쳐들어가는 군단처럼
적의에 찬 소음이 주위를 제압했다. 우왕좌왕하는 사람들이
늘어나고, 탑승 게이트마다 무리를 지은 사람들로 혼잡했다.
전광판에 출력되는 대부분의 항공편은 결항이었다. 갖가지
언어와 사람들과 사연들이 휘몰아치며 얽히고설켰다. 두 개
의 장소를 이어 주는 공항은 마치 연옥처럼 대기자로 북적거
렸다.

혜람은 위탁 수하물을 찾는 곳에 도착했다. 얹힌 짐도 없이
빈 컨베이어 벨트만 텅텅거리며 돌아가고 있었다. 인솔 직원
이 무전기를 든 남자와 얘기를 나누더니 승객들 쪽으로 뒤돌
아섰다.

"지방에서 갈아탄 승객들은 짐을 찾지 않아도 됩니다. 파
리에서 탑승한 승객들만 여기서 짐을 찾아 밖으로 나가세
요!"

말을 마친 직원이 도망치듯 자리를 떴다. 혜람은 배낭을 고
쳐 매고 탑승 게이트로 되돌아갔다. 게이트 앞에 마련된 임시

창구에는 좀 전보다 더 많은 사람이 웅성거리며 모여 있었다.

"라미 누나!"

누군가 혜람의 팔을 잡았다. '라미'는 어학연수 시절 그녀의 애칭이었다. 교수가 혜람을 '라미'로 부르자 다른 사람들도 덩달아 그녀를 그렇게 따라 불렀었다. 그녀는 눈앞에 서 있는 남자를 쳐다보았다. 어학연수 시절 만났던 한국 유학생이었다. 갑자기 마주친 그의 이름이 떠오르지 않았다.

"오랜만이에요, 누나. 한국 들어가세요?"

"네, 그런데 우리 어떡해요?"

"지방에서 온 사람은 공항 근처 호텔을 제공한다고 하네요. 잠깐 기다려봐요."

그가 사람들을 비집고 창구 앞으로 다가갔다. 창구 앞에서 목소리를 높이며 막힘없이 말을 쏟아 냈다. 문득 프랑스어 중급반에서 제일 뒤처졌던 그가 생각났다. 그녀는 사람들을 밀치고 그의 곁으로 갔다.

"고객님 티켓은 파리에서 인천 가는 구간이잖아요. 호텔 제공은 지방에서 비행기를 이용한 승객에게만 제공됩니다."

모니터 화면에서 눈을 떼지 않은 채 남직원이 말했다. 아랫머리를 짧게 쳐올려 깔끔하고 단호한 인상을 주었다.

"난 어제 기차 타고 미리 와서 호텔에서 잤다고요. 파리에 아는 사람도 없는데 어디서 자라고요? 무슨 일이 생기면 책임질 겁니까?"

그는 주변을 별로 의식하지 않는 것 같았다. 혜람은 그의 티켓에 인쇄된 이름을 보았다. 현수호였다.

"그건 고객님 개인 사정입니다."

직원은 사무적인 목소리를 유지했다.

"당신들 회사 앞으로 배상 청구하면 되지? 아 씨, 열 받네."

내내 불어로 말하던 수호가 말끝에 한국어를 내뱉었다. 수호가 인내심을 포기한 데에는 직원의 사무적인 응대가 원인이었을 것이다. 어쩌면 수호의 저러한 반응이 당연한지도 몰랐다.

"고객님, 이 상황은 천재지변이라고요."

직원이 턱을 치켜들고 수호를 노려보았다.

"벌써 여섯 시 반이야, 나 퇴근해."

남직원과 나란히 서 있던 여직원이 말했다.

"이 상황을 나 혼자 해결하라고?"

남직원이 어처구니없다는 표정으로 여직원을 쳐다보았다.

"이미 삼십 분이나 도와줬잖아."

여직원이 쏘아붙였다. 한 승객에게 호텔 이용권을 건넨 그녀는 자신의 가방을 챙겨 임시 창구를 떠났다.

남직원은 어딘가로 전화를 넣었다. 누군가에게 도와 달라고 부탁하는 모양이었다. 하지만 그쪽 사정도 별반 다를 게 없는지 체념한 표정으로 송수화기를 내려놓았다. 혜람의 등 뒤에서 불평하는 소리가 들려와 그녀는 재빨리 여권과 티켓을 데스크에 내밀었다.

"침대가 크거나……."

아니면 트윈 침대가 있는 방이면 좋겠다고 그녀가 덧붙였다. 남직원이 자판을 두드리며 모니터를 보았다.

"공항 근처엔 방이 없는데, 좀 멀어도 괜찮겠어요?"

남직원이 정중히 물었다.

혜람은 좋다고 말하며 수호를 돌아보았다. 수호는 입을 다문 채 웃고 있었다. 남직원이 인쇄된 호텔 이용권을 그녀에게 건네주고 호텔로 가는 몇 가지 방법을 설명해 주었다.

7

공항을 벗어난 셔틀버스는 고속도로로 들어섰다. 눈송이들이 떠올랐다 사라지는 상념들처럼 차창에 붙었다가 금세 녹아내렸다. 혜람은 그 모습이 마치 눈의 실체를 증명하는 과정처럼 느껴져 조용히 지켜보았다. 자신의 마음속에 뭉쳐 있는 덩어리도 조금씩 흔들리며 녹고 있는 듯한 착각이 일었다. 먼 곳의 불빛들이 창문에 어룽거렸다. 앞쪽에 앉은 승객들은 묵묵히 정면을 보는 것 같았다. 불 밝힌 호텔 간판들이 나타날 때마다 버스 안은 반사적으로 술렁거렸지만, 버스는 멈추지 않고 그대로 지나쳤다.

"업무 처리 속도가 정말 느리고, 게다가 야박하기까지 하죠? 톨레랑스도 무색해진 지 오래고. 얼토당토않은 일이 한둘이 아니야."

혜람은 고개만 돌려 옆자리에 앉은 수호를 바라보았다. 길어진 머리 때문인지 예전보다 얼굴이 해쓱해 보였다. 중급반 어학교실에서 처음 만났을 때 그에게선 찬바람 냄새가 났다. 야외에서 일하거나, 적어도 바이크를 타고 바람을 가르며 여기저기 쏘다닐 것 같은 사람처럼 보였었다. 그는 국적 불문하고 같은 반 학생 누구에게도 먼저 말을 걸지 않았다. 학교에 와서 밀린 과제를 끝내기도 했고, 이따금 누군가와 대화를 나눌 땐 마치 오랜 친구를 대하듯 이야기를 주고받는 묘한 구석이 있었다. 프랑스에 온 지 십 년이 넘었다는 얘기도 있었고, 한국에서 한때 출가했었다는 소문도 있었다.

그와 가까워진 계기는 또 다른 한국인 덕분이었다. 그의 이름은 정확히 기억나지 않고 '공공칠'이라는 별명만 또렷했다. 오럴 커뮤니케이션 수업 시간이었다. 지금껏 가장 감명 깊게 본 영화에 관해 얘기해 보자며 교수가 말했다. 그러자 그가 느리고 또렷하게 한국어로 "공, 공, 칠!"이라고 대답했다. 그 후로 그는 '공공칠'이라고 불렸다. 공공칠은 165센티미터를 겨우 넘긴 작은 키 때문에 늘 사람들이 자신을 만만하게 본다며 억울해했다.

어느 날 공공칠은 인지행동치료센터의 '작문 치료' 과정을 수호에게 소개했고, 혜람은 '작문'이라는 어휘에 솔깃해서 그들과 시간을 맞춰 센터를 방문했다. 최면치료와 인지행동치료에 관한 교육과정을 운영하는데 성폭력피해자지원센터와도 연계한 곳이었다.

'작문 치료' 프로그램은 일기처럼 자신의 일상을 기록함으로써 상처를 직면하게 하는 과정이었다. 그런 후에 심리상담사를 통해 이야기를 나누고, 전문가의 도움을 받는 것이다. 다행히 저녁 모임이 개설되어 세 사람은 모두 같은 과정에 등록했었다.

버스가 방향을 틀어 호텔이 몰려 있는 지역으로 접어들었다. 길가에 치워진 눈들이 담장처럼 쌓여 있었다. 관광버스두 대가 정차해 있는 호텔 입구에서 마침내 버스의 시동은 꺼졌다. 기사는 두 손으로 허공을 다독이며 승객들에게 일어나지 말라고 당부하고는 버스에서 내렸다. 말쑥한 정장 차림의 호텔 직원이 부리나케 현관으로 나와 손사래를 쳤다. 몇 마디를 나누던 기사가 상체를 뒤로 젖히며 호탕하게 웃었다. 다시버스에 오른 기사는 예약 착오가 생겨 호텔은 이미 만실이라고 승객들에게 전했다. 뒷자리에서 한숨을 내쉬는 소리가 넘어왔다. 혜람은 생각난 듯 손가방에서 휴대전화를 꺼내며 서울에 전화한다는 걸 깜빡했네, 라고 혼잣말을 했다. 머릿속으로 여덟 시간의 시차를 계산해 보았다. 서울은 새벽 세 시였고, 김섭은 한창 자고 있을 시간이었다.

호텔 단지를 뱅뱅 돌던 버스가 한 호텔 앞에서 멈추었다. 색색의 알전구가 호텔 출입문 위에서 깜박거렸다. 기사가 자리에서 일어나 승객들을 향해 두 손을 맞잡아 흔들어 보였다. 승객들이 손뼉을 치며 환호했다.

8

객실은 넓고 청결했다. 사이즈가 다른 트윈 침대가 나란히 정돈되어 있었다. 혜람은 조금 전 북적대는 호텔 로비에 도착한 후, 호텔 이용권을 프런트에 내고서 카드키와 식사권을 받았다. 그녀는 명단에 적힌 자신의 이름 옆에 별표를 그려 넣는 직원에게 식사권을 한 장 더 받을 수 있는지 물어보았다. 직원은 추가 금액만 내면 문제없다고 하면서 조식에도 사용할 수 있다는 말을 덧붙였다.

창문으로 눈을 뒤집어쓴 노송나무 우듬지가 보였다. 혜람은 호텔 건물이 부메랑 형태로 지어졌다는 걸 비로소 알았다.

내일 아침에 이 호텔이 통째로 공항까지 날아가면 좋겠다는 말도 안 되는 상상을 했다.

혜람은 사이즈가 조금 작은 창가 침대에 걸터앉았다. 수호는 자연스레 나머지 침대로 가서 잘 여민 시트 자락을 모조리 빼냈다. 문득 벽에 걸린 그림에 시선을 던졌다. 그림 속 여자는 다리를 벌린 채 적나라하게 음부를 노출하고 있었다. 쿠르베의 〈세상의 기원(L'Origine du Monde)〉이었다.

"저 그림을 보니, 갑자기 정우가 생각나네."

수호가 짧게 클클거렸다. 혜람은 무슨 얘긴지 몰라 어리둥절한 표정을 지었다.

"기억 안 나세요? 공공칠이라고 불렸던 정우? 걔가 가장 무서워하는 게 여성의 성기였잖아."

불현듯 혜람은 강정우를 비롯해 그때 함께 공부했던 다른 외국인들의 이름까지 모조리 생각났다. 그들은 떠나왔던 곳으로 모두 되돌아갔다. 혜람으로선 부러운 일이었다. 고민 없이 프랑스를 떠난다는 것. 그녀에겐 쉽지 않은 일이었고, 준오와의 관계를 정리해야만 가능한 일로 여겨졌다.

"거세 공포 같은 거 아닐까?" 혜람이 말했다. 수호가 아무런 말이 없자 그녀가 다시 말했다. "너무 프로이트적이다."

"페드로 알모도바르의 영화가 생각나요. 〈그녀에게〉였나요?" 동의를 구하듯 수호가 혜람을 돌아보았다.

"아, 생각난다. 그 영화 속에 삽입됐던 무성영화. 손가락만하게 줄어든 남자가 사랑하는 여인의 몸속으로 들어가 평생을 보냈다는 내용."

"특이하죠." 수호가 그림 앞에서 혼잣말처럼 중얼거렸다. "너무도 일반적인 거잖아요? 전 세계 인구 절반이 가진 생리 기관인데. 우리 인지행동치료센터에 갔던 거 생각나요?" 수호가 말끝을 흐리며 킬킬 웃었다.

혜람은 기억했다. 어느 날 정우가 프랑스어를 공부하는 특별한 방법이 있다며 혜람과 수호에게 어떤 센터에 같이 가자고 했었다. 자기처럼 두 사람도 아픈 거 같다며, 자율신경의 비활성화로 이미 문제가 발생했다고 제법 진지하게 말했었다.

"트라우마가 된 사건과도 분명 연관이 있을 거야." 정우가 말했었다.

센터에는 클레어라는 전문 심리상담사가 있었다. '작문 치료'라는 수업으로 각자의 내면을 정직하게 마주하며 탐구하는 시간이었다. 수업료가 무료인 대신 수업과 상담에 협조해야 했다. 정우는 곧이곧대로 자신을 드러냈고, 수호는 사실과 진실 사이를 오가며 게임을 즐기는 것 같았다. 혜람은 처음엔 어려워했는데, 클레어의 도움으로 수업을 받아들였다.

이따금 혜람이 거짓말을 할 때면 클레어는 단박에 그걸 알아
차렸다.

육 개월 과정이 끝난 후 정우는 한국으로 돌아갔고 수호는
학위 과정에 들어가는 대신 고급반 어학 과정을 계속 이어 갔
다. 혜람은 틈틈이 일하며 석사 과정에서 미술사를 공부했다.

"작문 치료 과정 끝날 때 작문 페이퍼를 되돌려받았잖아,
기억나요?"

"응, 네가 다 치료된 마당에 서로 돌려보자며 정우를 꼬드
겼었지."

"정우의 고민이 그렇게 심각한 줄 몰랐어요. 누나가 썼던
가족 얘기도 얼핏 기억나네요. 온통 남편 얘기였잖아."

"그랬나?"

혜람은 시치미를 뗐지만 기억하고 있었다. 혜람의 작문을
읽은 후 클레어는 따로 상담 시간을 마련했다.

"남편은 잘 지내세요?" 클레어가 물었다.

'늘 한결같아요. 한결같이 저를 의심한답니다.' 혜람은 클
레어의 눈을 피해 속으로 말했다.

"손대지는 않고요?"

혜람은 화들짝 놀라며 손을 내저었다. 남편이 아니라 결국
자기 잘못이었다며 그를 옹호했다.

"당신의 남편은 어쩌면 자신의 불안감이 튀어나오지 못하도록 죽을힘을 다해 참는 건지도 몰라요. 만약 그 사람의 의지가 꺾이게 되면, 어떤 일이 벌어질지 짐작이나 할 수 있을까요?"

클레어는 혜람에게 한 공간에서 지내며 적당한 거리를 유지하고, 폭력으로부터 자신을 지키는 방법에 대해 알려 주었다.

혜람은 스카프를 풀어 액자를 가렸다. 이 그림은 볼 때마다 너무도 비현실적으로 느껴졌다. 은밀함을 없앤 작가의 의도 때문인지도 몰랐다.

"프랑스엔 언제 왔어?"

"십 년 전이었나? 그때 처음 왔어요. 건축을 공부하고 싶었거든요. 졸업하면 건축사 자격증도 생기니까 괜찮은 진로였죠."

"그렇구나."

혜람의 말에 수호가 한쪽 입술 끝을 올리며 씁쓸히 웃었다.

"파리에 도착해 제일 먼저 아랍세계연구소에 갔어요. 지상 십 층 건물의 파사드를 보면, 이백사십여 개의 창에 이슬람 전통 건축 양식인 마슈라비아 같은 카메라 조리개들이 설치돼 있잖아요. 진짜 황홀했어요. 빛은 물질이었어요. 정교한

렌즈 시스템이 빛을 조절해 셔터가 열렸다 닫혔다, 마치 살아 있는 것처럼 건축물을 변화시키고 보는 사람의 인식까지 변화시켰어요. 적확한 빛, 적확한 그림자. 단순했고, 투명했고, 또 가볍고, 한가했어요. 시적인 건물을 넋 놓고 바라보았죠. 그때, 가방을 잃어버렸어요. 전 재산을 날치기당한 거죠."

그래서 수호는 꿈과 미래와 모든 기대가 무너진 그 자리에서 오직 가방을 날치기한 놈의 얼굴만 머릿속에 새기고 한국으로 돌아왔다. 그놈을 잡기 위해 여행 안내자가 되어 한국과 프랑스를 오갔다. 하루 일정이 끝나면 파리 5구를 샅샅이 뒤졌다. 죽기 전에 한 가지는 꼭 해결하고 싶었다. 그놈을 찾아야 했다. 처음엔 그놈을 닮은 얼굴이 너무 많아 황당한 실수를 저지르기도 했었다. 이제는 그놈을 눈앞에 두고도 그놈을 닮은 얼굴이라고 스쳐 지나가 버릴 것만 같았다. 처음으로 인간을 저주했다. 수호는 자기 내면에 그렇게도 모진 인격이 숨어 있는지 상상조차 못 했었다. 하지만 그놈을 향한 잔혹한 상상은 시간이 갈수록 점점 시들해졌다.

"샤를리 에브도 테러 사건 때도 있었니? 그 건물 외벽에 붉고 과격한 필체로 '우리는 모두 샤를리다'라고 썼었잖아?"

"맞아요, 그때도 있었어요. 파리에 도착하면 항상 그곳에 들러요. 언젠가 그놈을 마주치는 상상을 하죠. 그때까지 내

의지가 시퍼렇게 살아 있기를 바라고요. 근데, 파리를 떠날 때도 거기에 들렀어요. 지난번에 갔을 땐 날씨가 흐려 이만 칠천여 개의 조리개 판이 검은 눈동자처럼 죄다 열려 있었어요. 그러면 또, 내가 여길 왜 왔는지 이유는 다 잊어버리고 황홀해지는 거죠."

수호는 전 재산을 잃고서 미친 듯이 파리 시내를 돌아다니다 프랑스인을 만났다. 그가 샤를리였다. 샤를리와 눈을 마주친 수호는 그를 붙들고 그 자리에서 쓰러졌다. 사흘을 굶은 상태였다.

출국 전 주말은 샤를리의 생일이었다. 성문 같은 아치형 대문을 열자, 어둑한 낭하에 관리인이 보였다. 그는 대걸레로 대리석 바닥을 닦다 말고 수호를 알은체했다. 수호는 눈인사한 후 계단을 밟아 이 층으로 올라갔다. 현관문 앞에 제롬이 나와 있었다. 제롬은 샤를리의 연인이다. 그는 내키는 일에도, 내키지 않는 일에도 평상심을 유지하는 수도승 스타일이었다. 제스처까지 작아 그럴 때면 조금 답답하기도 했다.

수호는 포도주가 든 종이봉투를 제롬에게 건넸다. 샤를리가 좋아하는 알자스산 와인이었다. 수호는 주방에서 물 한 잔을 마시고 안쪽 거실로 갔다.

햇살이 비껴드는 테이블 위에 물감과 나이프, 팔레트, 붓 등이 널려 있었다. 수호는 이젤에 놓인 미완의 그림을 보았다. 에드워드 호퍼를 모사한 20호짜리 그림이었다. 사람만 쏙 빠진 호퍼의 건물과 빛과 그림자. 운동성이 제거된 풍경이었다. 이상하게도 그림 속 환한 대낮의 적막이 파동을 일으켜 그림 밖으로 흘러나오는 것처럼 느껴졌다. 제롬의 그림이 잘 팔리고 있다니 불행 중 다행이었다.

제롬이 그림 도구를 정리하는 동안 수호는 주방에서 저녁 재료를 준비했다. 샤를리를 위한 자리니까 그가 좋아하는 메뉴를 내놓을 생각이었다. 수호는 이 집에서 요리할 때면 때마다 빠뜨리지 않고 사용하는 재료가 있었다. 십 년 전, 샤를리의 어머니가 모균을 덜어 주어 담그기 시작했다는 포도주 식초였다. 두 뼘 높이의 식초 단지를 싱크대로 옮겨 와 아래쪽에 붙은 탭을 눌러 식초를 한 대접 따랐다. 향긋하고, 시고, 뒷맛이 달콤한 식초였다. 미친 척하고 그 자리에서 한 사발을 마실 수도 있을 것 같았다.

창턱에 내놓고 기른 허브 화분에서 바질과 파슬리, 차이브를 뜯었다. 방울토마토의 꼭지를 떼고 그 자리에 열십자로 칼집을 냈다. 약 백 개의 방울토마토에 칼집을 내었을 즈음, 제롬이 주방으로 들어와 도와줄 게 뭐냐고 물었다. 수호는 냄비

두 개에 물 끓일 준비를 부탁한 후 인덕션 양쪽 화구를 사용해 페투치네를 삶고, 방울토마토를 데칠 거라고 말했다. 수호는 샤를리의 퇴근 시간을 물었다.

"오늘은 거기 들렀다 올 거야."

제롬이 말하면 수호가 척 알아듣는 '거기'였다.

"그러면 좀 늦겠네?"

수호는 아무렇지 않은 듯 담담히 말했다. 하지만 샤를리는 자신의 생일을 축하하는 자리에 늦을 사람이 아니었다. 차라리 퇴근 시간을 당겨 '거기'에 들렀다 올 거라고 수호는 생각했다. 아직도 거기에 가느냐는 말이 목젖까지 차올랐지만 수호는 입을 다물었다.

포도주 식초와 올리브유와 발사믹을 섞어 기본 소스를 만들었다. 거기에 후추와 화분에서 뜯어 온 허브를 잘게 썰어 넣고, 꿀과 메이플 시럽을 세 사람의 입맛에 맞춰 넣었다.

"음, 대박!"

매번 제롬은 한국말로 같은 반응을 보였다. 이 소스의 맛은 식초 덕분이라고 수호는 확신했다. 하지만 종초와 마찬가지인 모균도 언젠가는 수명을 다할 터였다.

"곧 출국하겠네?"

제롬이 말했다. 수호는 그저 싱긋 웃었다. 지난주에 이미 제롬은 섭섭하다며 한바탕 소란을 일으킨 다음이었다.

"누가 보면 애인이랑 헤어지는 줄 알겠다."

수호는 무심결에 말을 뱉었다. 금방 이 말 역시 취소하고 싶어졌다. 오래전에 제롬이 수호에게 속마음을 털어놓은 적이 있었기 때문이었다. 한번은 술김에 둘이서 시도해 본 적이 있었지만 불가능했다. 아무리 애써도 되지 않았다.

제롬은 주방을 나가 세탁실에 널어 둔 세탁물을 걷어 중앙 거실로 갔다. 세탁물을 개킬 때 누군가의 도움이 필요할 때가 있었다. 침대 시트 같은 것은 두 사람이 양 끝을 잡고 팽팽히 당겨 선을 맞추고, 세로로 한 번 가로로 한 번 그리고 또 반을 접어야 했다.

"누가 다녀갔어?"

수호의 물음에 제롬이 눈살을 찌푸렸다.

"샤를리 엄마랑 그 사람."

수호는 그들을 직접 만난 적은 없었지만 마치 가족의 일처럼 그들의 안부가 궁금했다. 같이 식사하고, 전시회를 다니고, 티브이 앞에 앉아 저녁 시간을 함께 보낸 적이 있는 것처럼 느껴졌다.

그들은 보름에 한 번 이 집에 와서 자고 간다고 했다. 기차를 두 번 갈아타고 프랑스 중부에서 여기까지 오는 이유는 샤를리의 어머니, 테레즈의 애틋한 아들 사랑 때문이었다.

샤를리는 어머니와 마찬가지로 어린 시절에 아버지로부터 폭력을 당했다. 어머니는 아버지보다 미천한 자신의 신분 때문이라고 말하곤 했다. 간혹 어머니가 용기를 내서 아버지에게 저항하면, 그날은 샤를리까지 폭력에 시달려야만 했다. 아무리 어머니가 두 팔을 벌려 어린 샤를리를 보호한다고 해도 한계가 있었다.

피부에 새겨진 감각은 평생을 함께했다. 폭력을 폭력으로 수용해 반항하기엔 샤를리는 어렸고 겁이 많았다. 거칠고 사납고 강제적인 것들을 싫어하는 그의 성정은 시간이 지나면서 폭력에 대한 인지 과정이 왜곡되었다. 지금껏 단 한 번도 폭력을 좋아한 적은 없었지만, 맞고 나면 불안감이 사라지고 얼마 동안은 안정감을 되찾을 수 있었다.

"심각해?"

수호는 지난번 제롬이 들려준 얘기를 기억했다.

"아, 내가 말했어?"

제롬은 늘 이런 식이었다. 자신이 한 말을 기억하지 못하는 건, 그 얘기를 심각하게 생각하지 않아서인지도 몰랐다.

샤를리의 어머니가 사귀는 남자는 그녀의 첫사랑이었다. 한동네에서 자란 오랜 친구, 앙리. 결혼할 뻔했던 사이였지만 어찌하다 각자 다른 사람과 결혼하게 되었다. 그녀는 남편과 황혼이혼을 한 뒤, 앙리와 재혼할 계획이었다. 시민연대결합(P.A.C.S.)으로 만족하지 않고 그녀가 원하는 건 앙리와 치르는 전통 혼례였다. 하지만 그녀의 작은아들과 앙리의 딸이 결혼하겠다고 발표했을 때 샤를리는 어느 쪽을 편들어야 할지 고민스러웠다. 양쪽 커플 모두 결혼을 원했고, 절대 양보하지 않겠다고 팽팽히 신경전을 이어 갔다.

말린 트뤼프를 우려 내고, 우린 물을 육수로 사용하려고 냉동실에 얼렸다. 닭고기와 마늘, 트뤼프를 올리브유에 볶고 나서, 말린 허브를 추가해 풍미를 더했다. 프라이팬에 버터와 밀가루와 우유로 화이트소스를 만들어 채반에 밭쳐 둔 페투치네와 준비한 재료를 모두 넣고 소금으로 간해서 마무리했다.

"너는 여전히 스파게티를 먹을 때 후루룩대는 소리를 못 참아?"

수호의 말에 제롬이 정색했다.

"그건 안 돼, 병이야."

소리 기피증. 언젠가 샤를리가 정신병의 하나라고 딱 잘라 말했다. 샤를리는 껌 씹는 소리를 참지 못한다고 했다. 어렸을 때 그의 어머니가 자주 껌을 씹었는데, 어린 샤를리는 엄마가 집으로 돌아올 때까지 기다리고 있다가 문소리가 나면 엄마에게 달려가 입을 벌렸다. 모이 주는 어미 새처럼 그의 어머니가 입으로 건네는 껌을 받아 씹었다. 하지만 성인이 된 그는 껌 씹는 소리를 들으면 미쳐 버린다고 했다.

샤를리는 물속에 오래 잠겼다 나온 사람처럼 한기를 풍기며 귀가했다. 몸의 어딘가는 잔뜩 쪼그라들고 또 어딘가는 퉁퉁 부은 몰골이었다. 그는 수호와는 프랑스어를 사용했고, 제롬과는 프랑스어와 영어를 섞어 사용했다. 샤를리가 주재원으로 갔던 영국에서 그들은 처음 만났고, 그때부터 영어로 대화했다.

샤를리는 수호가 차린 식탁을 보고 기겁했다. 요리하느라 아까운 시간을 낭비했다며 수험생 엄마처럼 잔소리를 늘어놓았다. 이 집에선 아무것도 하지 말고 그저 제롬이랑 쉬다 가라고 했다. 그러면서도 수호가 만든 토마토 마리네이드를 맛보고는 눈동자를 굴리며 감탄했다.

"미슐랭 별 두 개!"

그는 왜소한 덩치와 어울리지 않게 음식을 소처럼 먹었다. 마치 혀로 음식을 핥듯이 눈 깜짝할 사이에 접시를 비웠다.

"제롬은 왜 소설을 안 쓸까. 난 이해가 안 돼."

제롬을 바라보는 샤를리의 눈에는 애정과 불만과 염려가 한꺼번에 어려 있었다. 제롬은 아무런 대꾸를 하지 않았다. 한두 번 들은 게 아니었으므로. 수호는 제롬이 글보다 그림에 재능이 있다고 생각했다.

"우리 얘기를 쓰라고."

샤를리가 아이스크림을 퍼먹다 말고 제롬을 노려보았다. 수호에게 동의를 구하는 눈빛을 보냈다.

모든 이야기가 소설이 되진 않아. 내뱉어질 뻔한 말이 수호의 목에 걸렸다.

아무 말 않고 손끝으로 테이블 가장자리를 툭툭 건드리는 제롬을 보자 수호의 마음이 답답해졌다.

"지금은 그림을 그리잖아?"

수호가 말했다.

샤를리의 눈빛에 언뜻 경멸감이 비쳤다.

"살 사람은 이미 다 샀어."

샤를리가 장난치듯 발로 제롬을 건드렸다.

"응? 안 그래, 제롬?"

제롬이 냅킨을 테이블에 올려 두고 자리에서 일어섰다.

"수호랑 나갔다 올게. 피곤하면 먼저 자."

제롬이 허리에 손을 올리고 통보하듯 말했다.

"어딜 가려고? 나도 같이 가."

샤를리는 금세 풀 죽은 목소리로 말했다. 그는 마음에도 없는 말을 하며 억지를 부렸다. 제롬이 방으로 사라지자, 샤를리가 수호를 보며 눈을 찡긋했다.

바지 주머니에 손을 넣고 저만치 제롬이 걸어갔다. 수호는 그를 뒤따르며 낯선 골목의 밤 풍경을 눈에 담았다. 따뜻한 불빛을 포석 위로 흘려보내는 식당과 잡화점들. 인적이 드문 골목길에서 제롬은 걸음을 멈추고 문을 두드렸다. 그가 문을 두드리지 않았다면 수호는 거기에 문이 있는지도 모른 채 지나쳤을 것이었다. 문에 달린 손바닥만 한 창이 열렸다가 곧바로 닫히자 검은 철문이 열렸다. 빠른 템포의 이디엠이 문밖으로 쏟아졌다. 알제리 출신의 프랑스 국가대표 축구 선수였던 지단을 닮은 사내가 제롬과 악수를 하고 수호에게도 손을 내밀었다.

등 뒤에서 철문이 철컥 닫혔다. 실내는 어두침침하고 어딘가 인공적인 향기가 공중에 떠다녔다. 바 테이블에 팔꿈치를 괴고 있거나 술잔을 들고 선 채로 떠드는 사람들. 다락처럼 생긴 이 층에도, 그리고 지하로 통하는 층계에도 사람들이 마네킹처럼 서 있었다. 모두 남자였다. 그 사실을 새삼 알아차

리자 수호의 가슴이 답답해졌다. 하지만 수호는 그런 내색을 조금도 하지 않았다. 주문한 맥주가 나오고 그들은 건배했다. 바텐더가 악수를 청했다. 그가 자기 이름을 말하고 나서 수호에게 처음 보는데 사는 곳이 어딘지 물었다. 미처 대답할 겨를도 없이 짧은 시간 뒤에, 양고기를 좋아하면 자기 부모님 식당에 같이 가자고 그가 말했다. 좋아, 하고 수호는 건성으로 대답했다.

클럽 벽에는 전시 중인 그림들이 걸려 있었다. 그림 아래엔 그림값이 붙어 있었고 팔린 그림 밑에는 작고 동그란 스티커가 붙어 있었다. 선도 형체도 심지어 색채마저 모호한 그림에 높은 가격이 매겨져 있었다. 수호의 시선을 따라오던 제롬이 목소리를 높였다.

"아직 어린데, 말기 암이래."

그럼 곧 죽느냐고 수호가 묻는데 그때 누군가 두 사람 사이로 파고들었다. 수호의 눈을 바라보며 한국어로 인사했다. 짧고 단정한 머리, 깨끗한 피부와 혈색. 블랙 진에 바버 재킷. 자연스레 멋을 낸 차림새였다.

"그림이 별로지? 일종의 자선사업이니까."

그림을 보고 있는 바버 재킷을 흘깃 보았다. 그의 코는 이등변삼각형의 반쪽 같았다.

"시끄러운데 나갈까?"

그가 수호에게 말했다.

수호는 피식, 웃어 버렸다. 바버 재킷이 턱짓으로 제롬을 가리키며 애인이냐고 물었다. 수호는 장난스레 그렇다고 했다. 그새 대화를 엿들었는지 제롬이 두 손으로 엑스 자를 만들어 흔들었다.

"멤버는 난데, 왜 너한테 들러붙냐." 제롬이 귓속말을 했다.

그들이 영어로 얘기하는 동안 바버 재킷은 인내심을 발휘하며 기다리고 있었다. 수호와 눈이 마주치자 그가 웃었다.

"샤를리랑 같이 올 걸 그랬어."

제롬이 수호에게 얼굴을 가까이 가져다 댔다.

"저놈이야."

제롬이 바 테이블로 가는 한 남자를 뚫어지게 쳐다보았다. 헝클어진 곱슬머리, 호리호리한 체격. 길에서 흔히 마주치는 평범한 인상이었다.

"아는 사람이야?"

제롬이 수호를 멀거니 쳐다보았다.

"샤를리의 파트너."

곱슬머리가 지하로 내려가자 제롬이 테이블에 술병을 내려놓았다.

"내가 골랐지."

제롬은 그를 쫓아 지하로 내려갔다. 심장박동 같은 흥겨운 비트를 타고 남자 둘이 어깨를 건들거렸다. 출입구 쪽 벽에 기대서서 수호를 지켜보던 바버 재킷이 히죽 웃으며 다가왔다. 손가락으로 손목시계를 가리켰다.

수호는 슬슬 지겨워졌다. 그는 제롬의 술병까지 챙겨 들고 어깨를 부딪치며 사람들 사이를 지나갔다. 지하로 이어진 층계로 내려서자 층계참에 서 있던 남자들이 일시에 경계하는 눈빛으로 쏘아보았다. 빛은 점점 침침해지고 어둑한 층계 끝에서 복도가 시작되었다. 왼편에는 고해실처럼 칸을 나눈 작은 방들이 열렸거나 닫혀 있었다. 오른편에는 단단한 벽. 그 벽 중간에 검은 커튼이 쳐져 있었다. 땀 냄새에 섞인 향수 냄새와 이끼 낀 젖은 돌담에서 나는 눅눅한 냄새와 벽에 몸이 부딪는 소리들과 얕은 신음들이 복도로 흘러나왔다. 수호는 양손에 술병을 쥔 채 검은 커튼을 젖혔다. 눈앞이 깜깜해 눈을 크게 떴다가 끔벅거렸다. 복도에서 들었던 것보다 좀 더 노골적인 신음이 하나, 둘, 셋, 겹치고 갈라졌다. 그는 더는 안쪽으로 들어가지 않고 걸음을 멈추었다. 그의 몸에 몇 개의 손이 닿았다. 수호는 엉덩이를 뒤로 빼서 복도로 나왔다. 작은 방들을 하나씩 지나갔다. 마지막 방의 문이 손가락 굵기만치 열려 있었다. 그 틈으로 제롬의 뒷모습이 보였다. 좀 전에 본 곱슬머리가 무릎을 꿇고서 제롬의 사타구니에 얼굴을 묻고 있었다.

수호의 손에서 맥주병이 바닥에 떨어지면서 픽, 소리가 났다. 수호는 지하를 벗어나기 위해 뒤돌아섰다. 누군가 수호의 팔을 잡았다. 수호는 팔을 붙들린 채 걷다가 층계가 시작되는 곳에서 뒤돌아보았다. 검고 뻣뻣해 보이는 곱슬머리, 짙은 눈썹, 깊게 그늘진 눈자위, 길쭉하게 뻗은 코, 거뭇한 수염으로 뒤덮인 입과 턱 주변. 수호는 숨이 막혔다. 오래전 가방을 날치기한 그놈 같았다. 수호는 그놈의 팔을 좀 더 가까이 끌어당겼다. 어느새 나타난 또 다른 놈이 수호의 다른 팔을 슬그머니 건드렸다.

9

혜람은 수호를 따라 일 층에 마련된 임시 식당으로 들어갔
다. 장식이 거의 없는 커다란 홀에 족히 삼백 명은 될 것 같은
사람들이 와자하게 먹고 마시는 중이었다. 마치 플래시 몹으
로 잠시 모였다가 모두 어딘가로 사라져 버릴 사람들 같았다.
혜람은 문득 나이프와 접시가 부딪는 소리와 음식을 씹는 소
리까지 다 들릴 만큼 고요한 식당에서 수호와 단둘이 식사하
는 모습을 상상해 보았다.

두 사람은 직원을 따라 대여섯 사람이 앉아 있는 원탁으로
갔다. 빈자리는 사람들로 금세 채워졌고, 선택의 여지 없이

한 가지로 통일된 음식이 테이블 위에 놓였다.

웨이터가 레드와인이 담긴 디캔터를 두 사람 앞에 하나씩 내려놓았다. 혜람의 왼쪽에는 짧게 커트를 한 사오십 대로 보이는 한국 여자가 앉았다. 그 옆에는 회색 털실 비니를 쓴 삼십 대 후반으로 보이는 남자가 앉아 있었다. 남자의 왼쪽에는 프랑스 노부부가 앉아 있었는데, 남자는 울 소재의 헌팅캡을 썼고, 여자는 검정색 터틀넥 위에 정교한 십자가 펜던트 금목걸이를 늘어뜨리고 있었다. 그 옆에는 금발의 젊은 여자가 앉아 있고, 수호의 오른쪽엔 염소처럼 턱수염을 기른 프랑스 청년이 앉았다. 그 바로 옆자리는 비어 있었다. 외국인들이 혜람과 수호에게 눈짓으로 인사했다. 혜람이 자리에 앉자 옆자리의 한국 여자가 눈인사했다. 둥근 안경이 눈언저리를 다 가려 약간 꺼벙해 보였다. 금방이라도 검은자위가 쏟아질 것처럼 눈을 부릅뜨고 말하는 게 버릇처럼 보였다.

"저, 이 스테이크 아직 손도 안 댔는데 드실래요?"

안경이 비니 쓴 남자에게 말했다. 비니가 우물거리며 당황한 표정으로 여자를 보았다. 두 사람의 대화에 관심을 보이는 건 혜람과 수호, 그리고 프랑스 청년이었다. 비니가 한 손을 들어 고맙지만 괜찮다고 손을 흔들었다.

"입맛이 없어서 그래요, 남기는 것도 아깝고."

안경이 재차 말했다.

안경이 프랑스 청년에게 조용히 인사하자 그가 한국어로 대답했다. 그는 서울 소재 프랑스 학교에서 지리 교사로 근무하는 매슈라고 자신을 소개했다. 노부부가 프랑스어로 그에게 말을 걸었다.

비니는 손등으로 이마의 땀을 훔치더니 패딩을 벗었다. 그가 입은 옷의 색상은 온통 회색이었다. 목에 감은 실크 스카프와 트위스터 스웨터, 후드티, 그 위에 겹쳐 입은 패딩 조끼까지 톤만 다를 뿐 죄다 회색이었다.

"그레이가 잘 어울리시네요."

안경이 고개만 돌려 비니에게 말했다. 그러더니 아예 의자를 비니 쪽으로 돌려서 그를 바라보았다. 그러자 비니가 포크를 내려놓고는 냅킨으로 입을 닦았다.

"저는 송강이라고 합니다."

"저는 장은주예요."

혜람은 두 사람의 대화를 들으며 주위를 둘러보았다. 여러 언어가 뒤섞이며 천천히 소용돌이를 만들고 있었다. 이 테이블에 앉은 사람들은 제대로 소통하고 있는 것일까? 같은 언어를 사용하면 자동적으로 모든 것을 이해하게 되는 걸까? 같은 언어를 사용한다고 해서 모든 것을 이해한다는 게 가능

할까? 혜람은 태풍의 눈 속에 들어앉은 기분이 들었다.

"혹시, 차를 드시고 싶으면 구백팔 호로 오세요. 차 한잔 대접하겠습니다."

송강이 먼저 자리에서 일어났다.

혜람은 갈색 소스를 찍은 스테이크 조각을 입으로 가져갔다. 덜 익힌 고기에서 노린내가 났다. 순간 속이 메슥거려 급히 입을 틀어막았다. 한 손으로 배를 천천히 쓰다듬었다. 수호가 눈짓으로 괜찮으냐고 묻고는 바게트를 뜯어 접시에 남은 소스를 쓱싹 묻혀 입으로 가져갔다.

장은주는 혜람에게 룸 넘버를 물었다. 자신의 룸 넘버를 혜람에게 알려 주면서 한 시간쯤 뒤에 908호에 가서 차를 마시자고 했다. 송강이 어떤 차를 가졌는지 궁금하고, 게다가 그가 매력적이라고 콧등 위의 안경을 밀어 올리며 말했다.

"당신은 프랑스를 좋아하세요?"

노부인이 혜람에게 물어왔다. 노부인의 목소리는 차가운 면접관의 목소리처럼 사무적이었다. 이렇게 심각한 질문을 던지고도 흔들림 따윈 없이 상대를 바라보는 침착하고 집요한 눈빛, 혜람은 그런 점이 부러웠다.

"예전엔 좋아했는데 이제는 잘 모르겠네요."

혜람은 고개를 한 번 세차게 가로저었다. 이제는 이런 질문조차도 여유롭게 받지 못하는 자신이 어이없었다.

"모른다고 하니, 왜냐고 물어보지를 못하겠네요."

노부인이 희미한 미소를 보내더니 금세 표정을 바꾸었다.

"누난 그동안 잘 지냈어요?"

수호가 물었다.

"뭔가 달라지긴 했는데 아직 뭔지는 잘 모르겠어."

"이번에 한국 가면 얼마나 있어요?"

"우선은 몇 달 지내보려고."

혜람은 수호에게 사실대로 말하기가 꺼려졌다.

"참, 아이 없어요? 누나 임신했었잖아, 아니었나?"

수호가 대수롭지 않게 말하자 혜람도 그 일이 대수롭지 않게 느껴졌다.

"유산했어."

"아, 미안, 미처 몰랐네요."

그날 아이를 지우고 집으로 돌아온 혜람은 어찌할 수 없는 상실감과 낭패감에 시달리며 김섬에게 손 편지를 썼었다.

"그 사람이 퇴근길에 꽃을 사 왔어. 향기 없는 꽃. 붉은 글라디올러스 꽃잎이 다친 음순처럼 붉었어."

10

객실로 돌아온 혜람은 서둘러 화장실로 들어갔다. 변기를
붙잡고 바닥에 무릎을 꿇었다. 누군가 양쪽 어깻죽지를 엇갈
리게 비트는 것처럼 몸이 뒤틀렸다. 아무도 없는데도 소리 내
지 않으려 애쓰면서 속엣것을 게워 냈다. 연분홍색 점액질과
자잘한 고기 조각이 섞여 물속에 떠다녔다. 그녀는 손등으로
입을 훔치고 변기 레버를 내렸다. 물속의 내용물이 작은 소용
돌이를 따라 빠져나갔다. 소용돌이를 보자, 준오의 그림이 떠
올랐다. 단테가 연옥 풍경을 바라보는 장면을 그린 그림이었
다. 그녀는 준오가 혼합한 물감으로 그림에 덧칠하는 작업을

도왔다. 붉고 검고 흰 소용돌이가 겹치며 바탕의 그림이 가려졌다. 준오가 묻어 버리고 싶었던 건 죽음인지도 몰랐다. 철학적 의미로 근사하게 변용하거나 미화해도 그에게 죽음은 언제나 두렵고 불안한 주제였다. 그가 겁 많은 어린아이가 되어 버리는 것. 그 누구도 사후 세계에 대해 증명할 수 없어 죽음은 전부 닮았고, 모든 죽음은 한결같이 공평해 신선한 죽음이란 이전에도 이후에도 없었다.

성에가 껴 뿌예졌던 유리창을 닦은 것처럼 별안간 창밖 풍경이 말끔하게 눈에 들어왔다. 눈은 잠시 소강상태인 모양이었다. 파란색 바닥을 드러낸 물이 없는 수영장 근처에 술잔을 든 사람들이 모여 있었다. 그 너머 불을 환히 밝힌 홀이 보였다. 아까 그 식당이었다.

혜람은 침대 시트 위에 그대로 누웠다. 몸이 침대 속으로 꺼지는 것처럼 느껴졌다. 팔다리를 마음대로 움직일 수가 없었다. 어쩌다 준오와의 관계가 이 지경에 이르게 되었는지 생각해 보았다. 문제라면 모든 게 문제였다. 혜람보다 먼저 프랑스로 건너온 준오는 미대를 졸업한 후 중학교에서 미술 실기 교사로 일하며 잘 지내고 있었다. 굳이 옛 연인이었던 혜람이 그에게 필요한 존재가 아니었을 텐데 한사코 그녀를 프랑스로 부른 이유를 알 수 없었다. 혜람은 자신이 오판했다고 생각했다. 그녀는 프랑스로 건너오기 전 그가 타국에서 인종차별과 경제적 어려움, 고독감 따위로 위험한 상황에 놓여 있다고 짐작했었다. 하지만 그는 직장 동료들과도 잘 지냈고, 의아했지만, 동료들과 술을 마실 때 짓궂게 혜람의 흉을 보기도 했다. 이 나라에 그의 편이 있다는 사실은 혜람을 안심하게 했다.

준오를 생각할 때마다 늘 떠오르는 건 체류증 사건이었다. 엄격했던 이민법은 어느 날 갑자기 개정돼서 이제는 더 다양한 종류의 체류증을 신청할 수도 있고, 또 적법하게 취득하는 방법도 다양해졌다. 불과 몇 년 전까지만 해도 사정은 아주 달랐었다.

그날 형사들이 집에 들이닥쳤을 때 혜람의 심장은 급하게 뛰었다. 낙관적인 시각으로 사태를 보는 건 나쁘지 않았지만 그럼에도 그 사건에 대해선 좀 안이했다는 생각이 들었다. 장기 체류증을 받을 수 있게 도와 달라고 마담 롤로에게 직접적으로 얘기한 적이 없다고 해서 아무런 가책이 들지 않는 건 아니었다. 가슴속에서 양심을 꺼내어 볼 수 있다면 주먹만 한 덩어리의 한끝은 검게 썩어 있을 것 같았다.

준오는 소환장을 받은 후로, 초조하고 불안한 시간을 보냈다. 도무지 소환 이유를 알 수 없었기 때문이다. 그 이유에 대해 추측하고 부정하고 의심하다가 마침내 혜람의 체류증이 문제일 수 있겠다는 결론을 내렸다. 서둘러 마담 롤로에게 전화를 걸었다. 하지만 전화는 연결되지 않았다.

"그건 단지 우정의 선물이었는데, 안 그래?"

준오는 자신의 그림을 마담 롤로에게 준 이유를 혼잣말처럼 중얼거렸다. 준오가 경찰서에 소환된 그날, 혜람은 평상시처럼 프랑스어 수업을 받으러 학교에 갔다가 시간제로 근무하는 유치원에 들러 오후 업무를 마치고 집으로 돌아왔다. 오후 네 시가 지날 무렵 초인종이 울렸고, 그녀는 인터폰도 확인하지 않은 채 곧장 현관문을 열었다. 준오와 프랑스인 두 명이 문밖에 서 있었다. 형사들이었다. 그들이 집 안으로 들어온 후에야 혜람은 준오의 손목에 채워진 수갑을 보았다. 숨이 막혔다. 그들은 준오를 앞세워 온 집 안을 돌아다녔다. 벽에 걸린 그림과 작업실에 보관된 그림을 모조리 살폈다. 가죽 점퍼를 입은 형사가 어딘가로 전화를 걸었다.

"이 사람 그림이 맞습니다."

통화를 마친 형사가 혜람에게 물 한 잔을 청했다. 그녀의 손이 떨리는 바람에 컵 밖으로 물이 흘러넘쳤다. 그날 준오는 집으로 돌아오지 않았다.

다음 날, 혜람은 관할 경찰서를 방문했다. 옆집에 사는 안느가 그녀와 동행했다. 준오는 취조받는 중이라 면회가 어렵다고 출입문을 지키던 경찰이 혜람에게 말해 주었다. 다행히 조사가 끝나고 이동하는 준오를 먼발치에서나마 볼 수 있었다. 그새 수염이 자라 얼굴에 검푸른 그늘이 져 있었다. 그때 누군가 혜람에게 다가왔다.

"누구신가 했습니다."

돌아보니 집에 왔던 가죽점퍼 형사였다. 말끔하게 정장을 차려입은 그를 혜람은 첫눈에 알아보지 못했다. 그가 손을 내밀어 악수를 청했다.

"남편을 만나러 왔어요."

그녀는 손을 내밀지 않았다.

"잠깐 들어오시겠습니까?"

그가 길을 양보하듯 옆으로 비켜섰다. 안느 아주머니가 얼른 혜람의 팔짱을 끼더니 그를 똑바로 바라보았다.

"이 사람, 지금 임신 중이에요. 참고해 주세요."

안느가 혜람의 팔을 고쳐 잡았다. 그가 혜람의 배를 흘깃거렸다.

"그런데, 아주머니는 누구십니까?"

"이웃이에요."

"알겠습니다. 아주머니는 밖에서 기다려 주세요."

가죽점퍼가 말을 끝내고 앞장서서 사무실로 들어갔다. 그는 혜람에게 사건 담당 형사를 소개했다. 금테 안경이 차가워 보이는 중년의 남자였다. 가죽점퍼는 금테와 속닥이고는 혜람에게 의자를 내주었다.

"마담 롤로 아시죠?"

금테 안경이 서류를 들춰 보며 물었다.

마담 롤로는 체류증 발급 업무를 담당하는 경시청의 공무원이었다. 그 이름을 듣자 혜람은 겁이 덜컥 났다. 준오가 소환 조사를 받게 된 까닭을 어렵지 않게 짐작할 수 있었다. 그러나 안느가 일러준 대로 담담하게 대답했다.

"네, 알아요."

"남편이 그 사람한테 그림을 줬습니까?"

"네."

"어떤 그림이죠?"

"그건……."

혜람은 입을 다물었다. 지난 열흘 동안 머릿속을 떠다니던 문장들이 하나도 생각나지 않았다. 준오의 그림을 어떻게 설명하면 좋을지 망설였다. 준오는 프랑스에 온 뒤로 자신의 회화 기법은 접어놓고, 프랑스에서 추상미술의 대가로 알려진 중국 화가의 그림을 흉내 냈다.

"그림을 왜 줬을까?"

금테가 몸을 앞으로 기울였다. 미간에 괄호처럼 주름이 잡혔다.

"친구한테 준 선물이에요."

혜람은 그의 은근한 반말에 신경이 쓰였다. 그러자 머릿속에 떠다니던 문장들이 하나둘 입 밖으로 빠져나왔다.

"일 년쯤 전에 남편이 그룹전에 참가했는데, 그때 마담 롤로를 만났어요. 그녀는 다른 작가의 친구였는데 제 남편의 그림을 좋아했어요."

"그때 당신은 어디 있었습니까?"

"전 학교에서 프랑스어 수업을 듣고 있었어요. 지금은 오후에 유치원 일도 하지만. 전시가 끝나고, 마담 롤로는 우리 부부를 자기 집으로 초대했어요. 전 그날 그녀를 처음 만났고요."

"그럼, 그날 그림을 주었나?"

"아뇨, 같이 식사한 지 일주일쯤 지나고, 이번엔 우리가 그녀를 초대했어요. 그날, 그림을 선물했고요."

"마담 롤로가 먼저 그림을 달라고 했나요?"

"남편 작업실을 둘러보던 그녀가 전시했던 그림을 알아봤어요. 저녁 내내 경쾌했던 그녀가 남편의 그림 앞에선 진지했

어요. 그녀는 전시했던 그림의 제목을 정확히 기억하고 있었
어요. 파리에서 겨우 한 번 개인전을 한 적 있는 외국 작가에
게 그런 관심은 고마운 거죠."

혜람은 준오가 그 그림을 그리던 때를 기억했다. 그는 밑그
림을 그린 후 혜람에게 붓을 넘겼다. 그녀는 무엇보다 정신적
인 피로감에 시달렸지만 끝까지 버티겠다는 오기와 의무감
으로 그림의 완성을 도왔다.

"그래서 선물로 줬다는 거요?"

"그런 셈이에요."

"말을 분명히 하세요, 박혜람 씨. 프랑스어는 모호한 언어
가 아닙니다."

금테가 혜람의 눈을 뚫어지게 쳐다보았다.

"마담 롤로는 지금 옆 건물에서 조사 중이오."

금테가 말을 끝내고 종이 한 장을 혜람 앞에 내밀었다. 리
스트였다. 압둘이라든가 무타발리 같은 외국 이름이 빽빽이
적혀 있었다. 준오의 이름은 보이지 않았다.

"아는 사람 있소?"

금테가 눈짓으로 명단을 가리켰다. 혜람이 고개를 저었다.

"명단에 있는 그치들은 곧장 감방행이었소. 마담 롤로한테
이걸 줬거든."

금테가 엄지와 검지로 지폐를 헤아리는 시늉을 했다.

"하지만 당신들 말이야. 당신들은 더 나빠. 그림이잖아? 그
림값을 어떻게 매겨?"

혜람은 그림의 가치에 대한 금테의 의견에 동의했지만, 준
오가 소환된 이유를 정확히 이해하지 못했다.

"리스트에 제 남편 이름은 없잖아요?"

"마담 롤로의 집을 수색하다가 벽에 걸린 당신 남편의 그
림을 발견했지. 마담 롤로는 입을 맞춘 것처럼 당신들이 자신
의 친구라며, 그림은 단지 선물이었다고 주장하더군. 최준오
는 이 사건과 무관하다며 말이야. 하지만……."

"선물이었어요."

혜람은 낭떠러지에 몰린 초식동물처럼 겁먹은 눈으로 그
를 바라보았다.

"계속 이러면 당신도 변호사가 필요할 거요."

금테가 혜람을 빤히 쳐다보았다.

"당신 남편이랑 마담 롤로는 무슨 사이지?"

"친구예요, 그냥 친구."

금테가 말을 끝내기 무섭게 혜람이 대답했다.

"그냥 친구한테 작품을 준다? 당신들 나라에선 그런가?"

"그 사람 그림을 좋아하는 친구예요."

혜람의 목소리가 단호했다.

"어떻게 당신이 거주자 체류증을 지니고 있지? 기준 미달이었을 텐데."

금테가 흘러내리는 안경을 검지로 밀어 올렸다. 혜람은 입안이 바짝 타들어 갔다. 심장이 쿵쾅거렸다.

"여기선, 담당자에 따라 같은 서류라도 전혀 다른 결과가 나오기도 하잖아요? 전, 운이 좋았을 뿐이에요."

"거주자 체류증이면, 돈을 벌 수 있으니까, 그렇죠? 이해해요, 이해해. 앞으로 아이도 생길 테고, 생활을 위해서 그럴 수도 있지. 그런데, 사실대로 말해야 합니다. 거짓말하면, 당신 남편은 집에 못 가요. 남의 나라에서 이게 뭐 하는 거요? 당신 배 속의 아이한텐 뭐가 이득이겠소? 감방에서 애를 낳고, 거기서 키우시려고?"

점잖은 말투였지만 금테의 두 눈엔 경멸과 혐오가 가득했다. 혜람은 그런 눈빛과 종종 마주치곤 했었다. 분단된 나라, 남한에서 온 자그마한 여자. 말하지 않아도 발산되는 것들이 많았다. 혜람은 아무 말도 할 수 없었다. 마른침을 삼키며 그저 금테를 노려보았다. 덜컥 무섬증이 일어 다리가 부들부들 떨리기 시작했다. 그녀는 주먹을 움켜쥔 채 자리에서 일어났다.

저녁 일곱 시가 다 되어 안느는 집으로 돌아갔다. 그녀가 떠나고 삼십 분도 지나지 않아 준오가 돌아왔다. 준오는 혜람의 눈을 보지도 않고 그를 기다리던 동료들에게 다가갔다. 세 사람은 부둥켜안고 눈물을 흘렸다. 고생했다며, 이제 괜찮을 거라며 엘렌이 준오의 등을 두드렸다. 개새끼들이라며 브누아가 흥분해 목소리를 높였다. 준오의 눈자위가 불그레해졌다. 그가 동료들에게 양해를 구하고는 안방으로 들어갔다. 혜람이 그를 따라 방으로 들어갔다.

준오가 휙 돌아서더니 다짜고짜 혜람의 목을 졸랐다. 느닷없이 일어난 일에 혜람이 발악하다 그의 뺨을 할퀴었다. 그가 코트를 벗어 침대 위에 내던지며 성난 짐승처럼 외마디 비명을 질렀다. 그러고는 바닥에 털썩 주저앉더니 불끈 쥔 주먹으로 침대를 내리쳤다. 침대가 텅텅 흔들리자 그의 몸도 덩달아 흔들렸다. 그 모습은 마치 마리오네트가 움직이는 것 같기도 했고 어딘가 조금은 연극적으로 느껴지기도 했다.

"왜 그렇다고 인정했어? 왜! 당신, 마담 롤로한테 그림 줄 테니 십 년짜리 체류증 내놓으라고 말했어? 아니잖아! 그런데 왜 경찰한테 그렇게 말했어?"

준오의 낯빛이 창백하게 변해 갔다. 그녀의 머릿속에는 딱히 대꾸할 말이 떠오르지 않았다.

"왜 점점 머저리가 돼 가니? 당신의 순진한 발상 때문에 이렇게 됐잖아. 거주자 체류증 받으면 일할 수 있지 않냐고 나한테 물었지, 응? 롤로를 집으로 초대하자고 한 것도 당신이고. 한국 음식 잔뜩 만들고, 노리개를 선물하고, 체류증 갱신이 번거롭다고 롤로한테 말을 흘린 것도 사실이잖아. 그렇게까지 해서라도 손에 넣어야 했어? 일해서 뭐 하려고? 뭐가 그리 부족했어?"

혜람은 목이 화끈거렸다. 목을 쥐었던 손을 내리며 준오를 바라보았다. 준오가 다시 입을 열었다.

"말해 봐. 아무 문제 없다고, 다 감당할 수 있다고 태연한 척하지 말고 다 말해."

"나도 내 일을 하고 싶어."

"날 봐, 어떤 방식으로든 그림을 그리잖아. 그렇게 생계가 해결되기도 하고. 당신도 그렇게 하면 되잖아. 나만의 공간, 나만의 스탠드 불빛, 나만의 의식! 뭐가 그리 까다롭냐?"

"온전히 내 것인 게 없잖아."

혜람의 말에 그는 가슴을 크게 부풀리며 숨을 들이쉬더니 다친 짐승처럼 침대 위로 기어 올라갔다.

혜람은 부엌에서 안줏거리를 챙기며 거실에서 들려오는

그들의 대화에 귀를 기울였다. 그녀는 이 정도의 거리를 유지하는 게 좋았다. 타인과 대화를 하는 법이나 그녀의 프랑스어 악센트에 어색한 점은 전혀 없었다. 다만 대화는 흥이 나지 않았고, 입을 다무는 것이 그녀에겐 더 익숙했다. 이미 자정이 지난 시각이었다. 흥분한 준오의 목소리가 들려왔다.

"몇 번이나 똑같은 질문을 해 대는지 돌아 버리는 줄 알았어. 나중엔 친한 친구처럼 서로 말을 놓자고 꼬드기더라."

"그게 함정이야."

브누아가 말린 소시지를 씹는지 쩝쩝거렸다.

"아무래도 변호사를 알아봐야겠어."

준오가 말했다.

"네 그림을 파는 게 어때? 내가 구매자를 찾아볼게."

"고마워, 엘렌. 참, 학교는? 나 잘리는 거 아냐?"

사과 껍질을 길게 늘여 깎던 혜람의 손이 거기서 멈췄다.

"똑같지 뭐. 네가 성가신 일에 얽혔다고 다들 걱정해."

브누아가 말했다. 혜람이 과일 접시를 들고 작업실로 들어가자 그들의 대화가 뚝 끊어졌다.

"고마워, 혜람."

엘렌이 접시를 받아 들며 웃어 보였다. 준오가 딴청을 부리듯 낮은 테이블 밑에서 스케치북을 집었다. 엘렌이 몸을 기울여 그림을 들여다보았다.

"웬 장미야?"

엘렌이 물었다.

"응······."

준오가 혜람을 흘낏 쳐다보았다.

"이렇게 그리니까 오히려 장미 넝쿨이 생생하네."

"선이 천진하다."

그들의 대화를 들으며 혜람은 빈 접시를 챙겨 일어섰다. 그녀의 등 뒤에서 스케치북을 탁, 덮는 소리가 들렸다. 이어 준오의 목소리가 격해졌다.

"그 말만 하지 않았어도 재판까지 갈 필요는 없었어."

"일단 하라는 건 하는 게 좋겠어."

"대체 무슨 생각을 하며 사는지 모르겠어."

"예술가와 산다는 게 쉬운 일은 아니잖아."

"그래도 저 정도는 아니었거든."

혜람은 귀밑이 뜨거워졌다. 한 마리 돼지가 된 기분이었다. 그녀는 자신에게 계속 경고를 보냈다. 이렇게 사는 데에는 분명 이유가 있을 테고, 나중엔 끔찍한 일이 벌어질지도 모른다. 가장 질 나쁜 방법을 동원해 자신을 망가뜨리게 될 거라고. 누군가와 함께 산다는 것은 결국 자신의 모든 걸 다 드러내 보여야 가능해지는 일인지도 모른다. 두려웠고, 불안했다.

브누아는 이번 크리스마스 휴가에 관해 이야기했다. 작년 여름에 여럿이서 몰타 여행을 계획했다가 무산되었다고 했다. 그는 왕복 항공료와 에어비앤비 계약금들을 날릴 수밖에 없었다. 카타콤, 그리고 18세기 말 나폴레옹이 머물렀던 고성(古城)에서 열리는 클래식 음악 콘서트에 가지 못해 많이 아쉬웠다고 했다.

혜람은 몰타를 생각했다. 지중해의 작은 섬, 따뜻한 기후 때문에 절대 눈이 내리지 않는 나라. 몰타의 비너스와 여러 가지 빛깔로 변하는 바다. 어부들이 배의 안전을 위해 뱃머리에 그려 넣는다는 오시리스의 눈을 생각했다.

소환 조사 후, 준오는 출국 금지 조치에 발이 묶였다. 매주 수요일마다 경찰서에 가서 서명하고, 국선 변호사를 만나 경찰에게 했던 말을 반복해야 했다. 소환 조사를 받는 동안 진지하고 성실해 보이던 젊은 변호사는 준오의 말에 매번 귀를 기울였고, 기록했다. 준오는 희망의 조짐을 보았었다. 이 불명예스러운 상황을 벗어나 이전의 일상으로 다시 돌아가기를 간절히 바랐다. 더는 무슨 이야기를 덧붙여야 할지 몰랐지만, 준오는 기계처럼 성실히 같은 말을 되풀이했다. 신중한 눈빛으로 준오의 말을 다 듣고 난 다음, 변호사가 입을 열었다.

"어쨌든, 당신은 그림을 주었죠?"

그림을 준 행위는 재갈처럼 준오의 입을 틀어막았다. 동기가 순수했다고 말하면 레드카드처럼 혜람의 체류증을 들먹여 다시 입을 막았다. 결국, 사설 변호사를 선임했고, 마침내 준오는 무죄 판결을 받았다. 혜람은 지난한 소송 과정을 지켜보는 동안 한국으로 돌아가고 싶은 마음이 간절해졌다. 막상 지나고 보면 별것 아니지만, 체류를 허가받고 살아야 하는 장소가 지긋지긋했다. 혜람은 자신이 추적물을 쫓아 달리다가 갈림길 앞에서 주저하는 사냥개처럼 느껴졌다.

혜람은 어학 수업부터 한 단계씩 밟아 나아갔었다. 준오는 그녀의 공부를 도왔다. 교과서에 실리지 않거나 학교에서 배울 수 없는 그런 어휘들과 관용구, 조어 등을 알려 주었다. 대부분 비속어이거나 조잡한 표현들이라서 혜람은 보란 듯이 사용할 기회를 얻지 못했다. 준오는 혜람에게 친절한 사람이었다. 혜람이 철없이 굴거나 어리숙하게 일을 처리할 때조차 그는 다정하고 관대했다. 그는 구세주가 되고 싶어 하는 것 같았다. 아니 자신을 구세주로 믿고 살아가는 것 같았다.

넌 절대 이 정치적인 세상을 너 혼자 힘으로 헤쳐 나갈 수 없어. 내 도움이 전적으로 필요하다고. 그러니 불쌍하게 굴어

라. 고개를 숙이고 얼굴을 붉혀라. 그럼 나는 네 소원이 이루어지도록 나의 권능을 작동시키마.

그는 혜람에게 자주 선물을 주었다. 정작 그녀에게 필요한 물건이 아닌데도 준오는 고가품이라며 생색냈다. 혜람은 억지로 고맙다는 말을 하는 게 내키지 않아서 속마음을 솔직하게 드러냈다. 그녀의 그런 순진한 생각 때문에 그의 마음속에는 단단한 벽이 쌓여 올라갔다.

"얼마나 벌겠다고 밖으로 나돌아? 차라리 내 작업 보조를 하는 게 낫지 않겠어?"

혜람은 자신이 무엇을 할 수 있는지 알아보았다. 파리를 방문하는 한국 관광객들이 즐겨 찾는 장소를 안내하는 일. 서류상 문화해설가라고 적혀 있지만 업무의 성격은 관광 가이드였다. 다시 말해서 자격증 없이도 할 수 있는 일이었다. 혜람은 실내에서 하는 일을 선호했다. 그녀가 생각한 건 도슨트, 미술관 해설사였다.

일을 하려면 국가 공인 전문 문화해설사 자격증이 필요했다. 그녀는 파리 외곽의 한 대학에 개설된 미술관 가이드 양성 과정에 등록했다. 마크롱 정부가 들어서고부터 자격증 취득이 쉬워졌다고 했다. 틀린 말은 아니었다. 이전에는 수업 내용이 어려워 국적과 무관하게 중도에서 포기하는 사람이 꽤 많았다고 들었다.

구월 학기가 시작되고, 다음 해 여름이 오기 전 모든 학점을 이수한 후 그룹으로 관광 코스를 짜거나 소논문에 해당하는 관광 프로그램을 개인으로 만들어 제출해야 했다. 그런 다음 가을에 현장 연수를 마치면 국가 공인 자격을 취득할 수 있었다. 그녀는 자격증을 받기 전까지는 연수 삼아 실외에서 공간과 건축물을 소개하는 가이드 업무를 했다. 그녀의 평판이 긍정적으로 소문나자, 여러 프랑스 여행 사이트에서 루브르 미술관도 맡아 줄 것을 요청해 왔다. 그녀는 멈춤 없는 예술사 공부에 신물이 넘어올 지경이었다.

혜람은 조금 무리해서 일을 맡았다. 우선 이용객의 좋은 후기들을 수집하기 위해 노력해야 했다. 입소문이 나면 금방 고객이 불어날 터였다. 그래서 일을 시작한 초반에는 오전과 오후 두 차례만 안내를 맡았다. 걸어 다니면서 쉴 새 없이 떠들다 보면 세 시간이 금방 지나갔다. 사람들의 집중력은 한 시간을 넘기지 못했다. 처음부터 듣지 않는 사람들, SNS용 사진 찍기에 분주한 사람들, 그녀는 당황했고 분노했었다.

'이건 너무도 중요한 정보야. 사람에게 운명이 있듯이 이 작품도 마찬가지야. 이 그림이 여기에 걸리기까지 파란의 시간이 지나갔어. 그런데 이런 그림을 눈앞에 두고서, 대체 뭐

하는 짓들이에요!'

악에 받친 말들이 목구멍까지 올라왔다. 그럴 때면 그녀는 그림 쪽으로 돌아서거나 먼 산을 바라보았다.

준오는 화를 냈다. 그는 그녀가 정말 자격증을 취득하리라곤 생각하지 못했다. 그래서 불쾌해진 그는 혜람을 향한 친절과 다정함을 거두고 매사에 핀잔과 비난을 멈추지 않았다.

그녀가 준오와 함께 살던 때, 가끔 한국인 고객 중에 휴대전화로 연락해 가이드 업무를 요청하는 경우가 있었다. 언젠가 고객 중 한 명이 일정을 마치고 여유 시간이 남자 휴대전화로 연락해 왔다. 그녀는 양치질하는 참이어서 전화를 받지 못했고, 대신 준오가 전화를 받았다. 혜람이 욕실에서 나오자 준오가 그녀를 노려보았다.

"딴사람 있어?"

그가 팔짱을 꼈다.

"무슨 소리야?"

그녀가 수건으로 머리를 말리며 말했다. 그러고 나서 그가 쥐고 있는 휴대전화를 본 후에야 사태를 파악했다.

"왜 남의 전화를 받아?" 그녀가 자신의 휴대전화를 낚아챘다.

"남?" 그가 이죽거리며 쳐다보았다.

혜람은 발신자 번호를 확인했지만 모르는 사람이었다. 누구였냐고 묻자 준오는 안 가르쳐 주겠다며 아이처럼 킥킥거렸다. 그녀는 전화를 걸기가 애매해 그만두기로 했다.

혜람이 휴대전화를 소리 나게 내려놓는데 어디선가 신발이 날아와 뒤통수를 때렸다. 돌아보니 준오가 현관에 벗어둔 신발 한 짝을 마저 집어 들고 있었다.

"다 너 때문이야, 다! 다! 네 탓이라고." 그가 악을 썼다.

그의 눈빛은 사납게 이글거렸다. 그가 분풀이하는 어떤 이유를 그녀로서는 도무지 짐작할 수 없었다. 그 순간, 혜람은 결심했다. 자신에게 신발을 집어 던지는 사람이라면 더한 일도 벌일 수 있지 않을까? 냉정한 거리감이 생겨나기 시작했다. 그녀로서는 딱히 할 말이 없었다. 더는 그와 함께 지낼 수 없는 상황이 되어 버린 것이다.

11

잠결에 초인종 소리를 들었다. 단번에 눈을 떴으나 온몸이
뻐근해 움쩍달싹할 수가 없었다. 머리맡 콘솔에 부착된 전자
시계는 여덟 시를 가리켰다. 누군가 문을 두드리는 소리에 혜
람은 침대에서 내려와 출입문으로 걸어갔다. 장은주였다. 같
이 908호에 가자고 했다. 혜람은 몸 상태가 좋지 않아 사양했
다. 장은주는 혜람의 안색을 살피더니 조용히 말했다.

"차를 한잔하면 개운해질 거예요."

혜람은 장은주를 바라보았다. 무료하고 쓸쓸하고 조금은
위험해 보이는 분위기를 풍겼다. 혜람은 카디건을 걸치고 장

은주의 뒤를 따라 구 층으로 향했다.

송강의 방은 스위트룸이었다. 프랑스 로코코 양식의 가구와 벽지와 샹들리에까지 전부 밝고 화려했다. 6인용 소파와 암체어와 책상이 놓인 거실에 큰 방이 이어져 있었다. 방문을 여니 닫혀 있던 커튼이 자동으로 열렸다. 통창으로 폴폴 날리는 눈발이 보였다. 금장으로 테두리를 장식한 킹사이즈 침대의 헤드보드 중앙에 꽃무늬 몰딩 장식이 우아했다.

송강은 침실을 사용하지 않는다고 했다. 그는 냉장고에서 생수병을 꺼내 찻물을 준비했다. 그가 탁자에 내놓은 건 종이로 싼 흑차였다. 장은주가 향을 맡아 보겠다며 코를 킁킁거렸다. 흑차의 찻잎은 세월을 따라 거뭇하게 발효되었다.

"이 차는 어디서 샀어요?"

장은주가 물었다.

"운남 거예요. 제가 몸이 아플 때만 먹는 건데 두 분을 위해 기꺼이 내놓겠습니다."

송강이 여행용 다구를 꺼내 왔다. 대나무가 그려진 개완에 흑차를 떼어 넣고 뜨거운 물을 부었다. 송강의 손놀림이 유연했다.

"그런데 방이 왜 이렇게 좋아요? 추가 금액 냈어요?"

장은주가 높은 천장에 매달린 샹들리에를 올려다보았다. 송강이 가볍게 고개를 저었다.

"퀴퀴한 냄새 안 나요? 이 방도 회전시켜야 하니 환기한다고 내줬을 거예요."

장은주가 텔레비전 옆 콘솔에 놓인 싱잉볼을 손으로 가리켰다.

"엄청 비싸 보여요."

"맞아요, 좋은 겁니다."

"한번 쳐 봐도 돼요?"

송강은 싱잉볼과 나무 스틱을 장은주에게 건넸다. 그녀는 우둘투둘한 싱잉볼의 표면을 쓸어 보고는 스틱으로 싱잉볼을 살짝 쳤다. 맑은 금속성의 소리가 방 안에 퍼졌다. 순간, 방안의 모든 사물이 잠시 멈춘 듯 고요했다.

송강이 아이패드를 만져서 명상 음악을 틀었다. 물 흐르는 소리와 간간이 들리는 윈드차임 소리. 이윽고 실내 공기가 점점 편안해졌다.

송강은 계속해서 차를 우려냈다. 혜람은 입안 가득 퍼지는 쿰쿰한 맛에 거부감이 들었다. 무슨 맛으로 이런 차를 마시는지 이해할 수 없었다. 하지만 뜨거운 차를 연거푸 마시니 속이 따뜻해지면서 온몸에 서서히 열이 올랐다. 한증탕에서 땀을 뺀 것처럼 나른하고 개운했다.

"차향이 온몸에 퍼지는 것 같아요. 몸도 따뜻해졌고요."

장은주의 얼굴이 발그레해졌다.

"참, 이름이 어떻게 돼요?"

장은주는 송강과 자신을 소개한 후 혜람을 돌아보았다.

"박혜람이라고 합니다."

"내 친구 중에 박혜담이라고 있어요. 가족은 아니죠? 밖에 나오면 한국의 성씨가 다 귀하게 여겨져요. 사실은 친해지고 싶어 농담한 거예요."

혜람이 슬몃 웃으며 고개를 저었다.

"혜람 씨는 명상해 봤어요?"

혜람은 오래전 회사원일 때 팀별로 참가했던 워크숍에서 명상을 체험했다. 단체로 할 때는 편안하고 고요해서 좋았는데, 일상에서 혼자 해 보니 어려웠다.

"당연히 그럴 거예요. 명상은 너무 단순해서 오히려 어려울 수 있어요. 우리는 복잡한 것에 익숙하잖아요. 그리고 반드시 고요한 특정 장소에서만 하는 게 아니라 명상은 언제 어디서나 할 수 있어야 참된 명상이에요."

혜람은 고개를 끄덕거리며 무심코 손을 관자놀이로 가져갔다.

"불편한 데 있어요?"

"요즘 잘 체해요. 오늘 저녁에도 그랬고."

"그러고 보니 안색이 노래요."

장은주가 눈을 부릅뜨고 혜람을 살펴보았다.

"몸은 피로하고 마음은 긴장해서 그럴 거예요."

송강이 뭔가 골똘히 생각하는 눈치였다.

"나 잘 따는데 바늘 없어요?"

장은주가 송강을 돌아봤다.

"아니, 그러지 말고 여기 잠깐 누워 보세요."

송강이 혜람을 소파로 이끌었다. 혜람이 머무적거렸다.

"어유, 낯가릴 때가 아네요. 여행길에 탈 나면 어떡하려고."

장은주가 침실에서 베개를 가져와 혜람의 머리를 받쳐 주었다.

송강은 혜람의 단전 위에 싱잉볼을 올려놓았다. 그러고 나서 혜람의 발치께로 가서 땡샤를 연주했다. 손바닥보다 작은 한 쌍의 심벌즈 모양 청동 도구가 서로 부딪치자 맑은 쇳소리가 났다. 그러고는 가볍게 싱잉볼을 쳤다. 소리가 잔잔한 물결처럼 주변에 퍼졌다. 혜람은 싱잉볼의 파동이 아주 조용히 몸속으로 들어와 퍼지는 게 느껴졌다. 이러한 신체적인 반응은 시끄러운 거리에서라도 느낄 수 있을 것 같았다. 마음이

어지러웠다. 느닷없이 엉뚱한 생각이 났고, 산만했고, 낯선 공간에 누워 있는 스스로가 어이없게 느껴졌다.

"소리를 끝까지 따라가 보세요. 그리고 소리가 끝나면 시작되는 침묵, 싱잉볼 연주의 목적은 소리가 아니라 침묵입니다. 침묵의 지점에서 깨어 있어 보세요."

강둑에서 강물을 바라보듯이 이 순간을 가만히 바라보기. 평화로운 관찰자가 되어 통증과 불편함을 거부하지 않고 그저 바라보기.

"싱잉볼 소리와 함께 그저 고요히 있으세요. 마음에 이야기가 없으면 괜찮아집니다."

강은 애써 바다로 가려고 노력하지 않아도 흐릅니다. 흙탕물은 가만히 두면 천천히 맑아집니다.

다시 떵샤가 울렸다.

수호가 문을 열어 주며 씨익 웃었다.

"어서 들어오세요."

그가 열린 문을 잡은 채 혜람이 들어오도록 공간을 내주었다.

"매슈는 내일 출발하는 티켓을 미리 받아왔더라고요."

수호가 침대 가장자리에 걸터앉아 혜람을 보았다.

"아침 일곱 시 비행기라는데 여기서 출발하는 첫 버스가 여섯 시래요. 공항까지 가는 데 한 시간은 더 걸리지 않겠어요?"

"글쎄, 시간 계산도 안 하고 승객을 이곳까지 보냈을까?"

"그렇겠죠? 매슈도 같은 층이에요. 이따 자기 방에서 맥주 한잔하자는데 자기 방에서 같이 자도 괜찮다네요."

수호의 눈가가 발그레했다. 달달한 술 냄새가 풍겼다.

"매슈 같은 사람이 친구로 좋죠."

"어째서?"

"꾸준히 자신을 돌아보는 사람 같아요."

수호는 뭔가 부럽고도 부끄러운 표정을 지었다.

"지금껏 감각만 좇으며 살아온 것 같아요. 항시 새로운 경험을 하고 싶어 안달이 나서 가만있지 못했어요."

그의 시선은 보이지 않는 공기의 입자를 헤아리는 듯 초점 없이 비어 보였다. 수호가 허공에 눈을 둔 채 말했다.

"좋아하는 사람이 있었어요."

"예전에 널 만나러 한국에서 오지 않았어?"

"왔었죠, 지금은 헤어졌지만요."

수호가 코로 바람 빠지는 소리를 내더니 피식 웃음을 흘렸다.

"나도 누군가를 좋아할 때가 가장 행복했어. 그런데 그것도 변하잖아. 그래도 그 시간은 행복했었고."

"느낌 놀이 같아요. 늪 같기도 하고요."

"그 느낌이 새겨져 계속 집착하게 되나 봐."

"하지만 더는 행동으로 옮기진 않잖아요?"

수호의 말에 혜람은 흠칫 놀랐다.

"명상하다 보면 마음이 의식이 없는 어떤 곳에 들어가게 된다고 해. 생각도 의식도 인식도 없고 아무것도 없이 텅 빈 곳, 기록이 없는 그 상태를 무기(無記)라고 부르는."

"어렵다. 근데 누나, 티브이 켜도 돼요?"

수호가 리모컨을 집어 들었다. 티브이가 켜지자 채널을 빠르게 눌러 댔다. 혜람은 창가에 놓인 탁자로 가서 앉았다.

"여기다!"

수호가 찾은 건 뉴스 채널이었다. 눈이 펄펄 내리는 비행장과 발 묶인 항공기들이 화면에 나타났다. 연이어 폭설 피해 지역들이 지나가고, 빙판이 된 고속도로에서 교통사고가 일어나기도 했다. 젊은 여자는 중앙분리대를 들이박았다며 찌그러진 범퍼 앞에서 웃는 듯 우는 듯 말했다.

"아, 올해는 되는 일이 없네요. 낼모레가 크리스마스인데 덕분에 새 차를 갖게 됐어요. 하하하."

수호가 쿡쿡 웃었다. 화면엔 그래픽을 이용한 일기예보가 이어졌다. 내일은 북동부 지방에만 눈 소식이 있다고 기상 캐스터가 말했다. 혜람은 화면에 뜬 전국 지도에서 메스를 찾았다. 내일 메스에는 눈 대신 비가 올 모양이었다. 그녀는 비 오는 메스를 생각했다. 그곳 사람들은 흩뿌리는 정도의 비는 그냥 맞고 다녔다.

지난여름 비가 쏟아지는 중앙광장을 가로질러 골동품 가게가 모여 있는 상가에 갔었다. 좋은 물건을 보면 늘 김섬이 떠올랐다. 조금이라도 마음에 들면 가격이 턱없이 비쌌다. 내부 공사 중인 가게 앞에 뒤죽박죽 쌓인 물건들이 보였다. 혜람은 거기서 마음에 드는 물건을 찾아냈다. 삼십 센티미터쯤 되는 금속 재질의 캔들스너퍼였는데, 촛불을 끄는 부분이 종 모양이었다. 손잡이와 종에는 초록빛 에메랄드가 정교하게 박혀 있었다. 혜람은 유치원에서 일하며 모아 둔 비상금으로 값을 치렀다.

"누나, 한국에서 몇 달 지내다 온다고 했죠? 아쉽네요. 같이 들어와도 좋을 텐데. 전 조금 일찍 돌아와야 해요. 체류증을 갱신해야 하거든요."

혜람은 체류증이라는 말에 민감하게 반응했다. 어둠이 몰려든 유리창에 방 안 풍경이 얼비쳤다.

"누나, 괜찮아요?"

수호의 목소리에 혜람이 어깨를 움찔했다.

"응, 좀 피곤했나 봐."

그녀는 자세를 고쳐 앉았다. 수호가 걱정스러운 눈빛으로 그녀를 바라보았다. 그러고는 티브이를 끄더니 혜람이 있는 창가로 왔다.

"누나, 욕조에 물 받아 줄까요? 씻고 나면 좀 나아질 텐데."

혜람은 수호의 친절에 살풋 웃음이 났다.

"집에 별일 없죠?"

혜람은 놀란 눈으로 수호를 올려다보았다.

"아, 그냥 물어본 거예요."

혜람은 점점 주눅이 들고 피해의식에 시달리는 자신을 발견할 때마다 두려움의 대상이 무엇인지 생각해 보았다. 그것은 언어이기도 하고, 차갑게 식어 버린 열정이거나 더는 누릴 수 없게 된 개인적 취향들과 때로는 조금씩 멀어져 가는 꿈들이었다.

"요즘 단테의 『신곡』을 읽고 있어요."

수호의 손에 책이 들려 있었다.

"세 번째 읽는 건데 이제야 조금 이해돼요."

수호가 혜람에게 책을 건넸다.

"이건 요약본이구나, 삽화가 많아 지루하진 않겠다."

"상상력을 제한하는 아쉬움이 있지만요."

"기회 되면 원본 읽어 봐."

"그러려고요. 그런데, 이 세상에 미련이 남으면 죽어서도 떠나지 못하고 구천을 떠돈다잖아요. 과연 죽은 이를 위해 산 사람이 할 수 있는 게 뭘까요?"

수호의 눈빛이 벽을 바라보듯 막막하게 느껴졌다.

"잘은 모르지만, 죽은 사람의 사정은 산 사람들에게 달린 거 같아. 남은 사람들이 기억하는 시간만큼 죽은 자는 우리 곁에 머물다 아무도 기억하는 이가 없을 때 비로소 승천하는 거지. 아니라면, 지금껏 죽은 자가 산 자보다 많은 게 사실인데 아무리 영혼이래도 이 지구만으로는 비좁지 않겠어?"

"사후 세계라는 건 없는 게 아닐까요? 프랑스 친구 놈은 죽으면 모든 게 끝이라더라고요. 호흡이 끊어지고, 나머진 화학 반응일 뿐이라고. 그쪽 애들이 삭막하죠?"

"마음 안에 천상도 있고 지옥도 있다는 말을 들은 적이 있는데."

"결국, 일체유심조, 마음먹기에 달렸다는 건가요?"

"정답을 제시하긴 어렵네, 죽음에 대해서든 삶에 대해서든."

"누나, 난 가끔 현실이 꿈이고 꿈이 현실이 아닐까, 하는 생각이 들곤 해요. 오늘 같은 날은 악몽의 한 챕터겠지."

"그럼, 잠시 후 꿈속의 현실로 돌아가겠네?"

"하하. 그 현실 속의 난 고정되어 있지 않잖아. 열세 살, 어린 내가 됐다가 스무 살이 됐다가, 절벽에서 뛰어내리지만 늘 멀쩡히 잠에서 깨고, 때론 털끝만큼도 망설이지 않고 누군가의 목을 베고, 복화술사처럼 입을 닫은 채 말도 하고, 인종도 언어도 아무런 문제가 안 되는 그 세계에서 난 누굴까요?"

"전부 너겠지."

혜람의 목소리에 피곤이 묻어났다.

"역시, 정답이 없는 얘기겠죠. 어머니는 스스로 리셋 버튼을 눌렀어요."

"어떻게 돌아가셨어?"

"아버진 아직도 어머니의 죽음이 사고였다고 믿지만, 어머니가 나한테 전화했거든요. 내일이면 한결 편안해질 것 같다고."

"원래 생각이 많니?"

"아니에요, 단순한 게 좋아요. 일 년 전, 어머니가 돌아가신 후 그동안 한 번도 생각한 적 없는 것들을 생각하게 됐어요. 아버지는 엉뚱한 생각 말고 이젠 한국에서 지내라는데 사실

성실함이란 것도 사람마다 다른 거 아닐까요? 매일 정해진 시간에 일어나 정해진 시간만큼 일하고 정해진 시간에 밥 먹고 정해진 시간에 잠자고. 이건 너무 기계 같잖아요?"

"그런 힘이 세상을 돌아가게 하는 건지도 모르지. 일단 멈춤을 외치고 싶지만 그럴 순 없잖아. 자신의 욕망은 접어 두고 일상과 화해하는 거지."

"오늘 매슈 방에서 한잔하고 자려고요. 내일 아침 여섯 시 십 분 전, 로비에서 만나요."

혜람은 고개를 끄덕거렸다. 그리고 수호에게 잘 자라고 인사하며 그를 안아 주었다.

형광등 불빛 때문에 로비는 더욱 차갑고 한산해 보였다. 혜람은 로비 구석의 소파에 앉아 휴대전화를 켰다. 액정화면에 부재중 전화 표시가 나타나고, 음성사서함에 메시지가 들어 있었다. 그녀는 비밀번호를 누른 후 녹음된 메시지를 들었다. 준오였다.

"너 없으면 나 못 산다. 다시는 의심하지 않을게, 오해도 착각도 안 해. 널 사랑하니까 그랬던 거야. 네가 좋아서, 너무 좋아서 그랬던 거야. 사실은 불안해서 그랬어, Tu m'entends(내 말

들려)? 다시는 안 그럴게, 그러니까 안 가면 안 돼? 가지 마, 혜람아. 야, 박혜람! 네가 있어 지금까지 버텨 온 거야. 이 메시지 듣는 대로 바로 전화해, 응? 기다릴게."

준오의 음성에서 악취를 맡은 것처럼 머리가 어지러웠다. 어쩌면 그는 무릎을 꿇은 채 전화했을지도 몰랐다. 처음 그가 때렸을 때도 그랬다. 다음 날 아침, 그는 부엌 바닥에 무릎을 꿇고 엎드려 싹싹 빌었다. 코미디 프로그램의 한 장면처럼 그의 행위가 어딘가 우스꽝스럽게 과장되어 보였다. 그래서, 웃음이 터지기 전, 고개를 끄덕거렸었다. 하지만 그다음엔 혜람의 배를 가격했고 심지어 목까지 졸랐었다. 억눌렸던 그의 폭력성은 점점 강도가 올라가 끝내 자신을 죽일지도 모른다고 혜람은 생각했다. 하지만 그를 거부하지 못하고 자꾸 마음을 쓰는 자신이 한심하게 느껴져 별거를 결정했었다. 일 년 동안 손가락으로 꼽을 만큼 전화 연락을 주고받았을 뿐 직접 만난 적은 한 번밖에 없었다. 그러다 오늘 아침, 로렌 공항에서 마지막처럼 만나게 되었다. 고작 두 개일 뿐인 마음인데 왜 서로 못 맞추고 엇갈리는지 혜람은 괴로웠다.

준오의 전화번호를 찾아 통화 버튼을 누를까 고민하다가 혜람은 머리를 세차게 가로저었다.

호텔 입구에서 올려다본 밤하늘은 잿빛으로 풀어져 있었다. 가로등 불빛마저 쨍하고 얼어 버린 것 같았다. 찬기가 옷속으로 스며들었다.

혜람은 누군가 뚜벅거리며 다가오는 소리에 돌아보았다. 장은주였다. 머리에 꽃무늬 스카프를 두르고 있었다. 장은주가 코트 주머니에서 담배를 꺼냈다.

"우리 잠깐 걸을까?"

장은주가 말했다.

혜람은 말없이 장은주를 따라 출입문을 나섰다. 거리는 쌓인 눈 때문인지 포근하고 낭만적으로 보였다. 이 동네는 오늘 투숙한 승객들로 몸살을 앓는 것 같았다. 어디에선가 크리스마스캐럴이 들려오고, 어느 호텔에서는 재즈 음악이 흘러나왔다. 아이들의 목소리가 쏟아져 나오는 호텔도 있었다.

장은주가 담뱃불을 붙이고 나서 깜빡했다는 듯 혜람에게 담뱃갑을 내밀었다. 혜람은 고개를 저었다. 장은주는 랭스에서 제빵 공부하는 아들을 만나고 돌아가는 길이라고 했다.

"열 살 때부터 혼자 쌔빠지게 키웠는데, 머리가 크니까 알아서 떨어져 나가네, 허허."

장은주의 입에서 허연 연기와 입김과 헛웃음이 섞여 나왔다.

"서울에서 모임을 하고 있는데 원하면 같이 해요."

장은주가 혜람에게 말했다.

내외국인이 보름에 한 번씩 모인다고 했다. 혜람은 장은주의 연락처를 휴대전화에 저장했다. 서울에서 만나면 더 많은이야기를 나누자고 장은주가 말했다.

"왠지 자기랑 잘 통할 것 같아."

그러더니 "한번 안아도 될까?"라면서 혜람을 안았다. 혜람의 등을 가만히 두드리면서 "기운 내요"라고 말했다. 혜람은고개를 끄덕이고는 고맙다고 했다.

엘리베이터 안에서 혜람은 현기증을 느꼈다. 나흘 동안 식사를 제대로 하지 않아 탈이 난 모양이었다. 준오와 마주 앉아 즐겁게 식사한 것도 꽤 오래전의 일이었다. 그때가 마지막이었는지도 몰랐다.

베란다 난간을 타고 오르는 장미가 한껏 붉어지던 여름이었다. 그날은 혼인신고 기념일이었고, 둘이서 오붓하게 낮술을 마셨다. 잠든 준오를 보다가 그녀는 흐드러지게 핀 장미를스케치했다. 활짝 핀 꽃을 보면 그녀는 늘 가슴이 아릿했다.

아무도 가르쳐 주지 않아도 약하고 가녀린 존재들은 스스로 자라고 스스로 꽃을 피웠다. 여름내 향기를 뿜어 올리던일을 잊어버린 듯 어느 날 꽃들은 예사로 져 버렸다.

혜람은 객실 벽에 붙은 난방장치를 조절해 온도를 올렸다. 손을 씻고 양치를 했다. 온몸이 노곤해져 입을 쩍 벌리며 하품을 했다. 수호의 말처럼 눈을 감으면 현실이라는 악몽은 접히고, 꿈속의 현실에서 깨어나는 것인지 새삼스레 궁금해졌다. 어둠 속에서 궤변 같은 문장들을 적어 나가다 혜람은 어느새 잠이 들었다.

12

　도로를 오가는 차들의 소음에도 저녁 시간의 공기는 얼어붙은 것처럼 잠잠했다. 김섬은 스튜디오 문을 잠그고 골목을 빠져나왔다. 우중충한 하늘이 아파트 건물 위에서 조각나 있었다. 그녀는 대로에서 인적이 드문 고층 건물 뒤쪽으로 걸음을 옮겼다. 홍지표는 어둑한 건물 모퉁이에서 기다리고 있을 터였다. 트렌치코트 주머니에 넣어 둔 휴대전화가 진동했다. 홍지표였다.

　"나왔어?" 전화를 받자마자 그가 입을 뗐다.

　"네, 어디 있어요?"

김섬은 걸음을 멈추고 빠르게 주변을 두리번거렸다. 어디선가 자동차 클랙슨 소리가 들려왔다. 길 건너편에 낯익은 검정 세단이 주차해 있었다. 그녀는 신호를 무시하고 재빨리 사차선 도로를 건넜다. 차 문을 열자, 진저 릴리 향이 코끝에 들러붙었다.

　"저녁 먹어야지?"

　홍지표가 조수석에 앉은 김섬의 어깨를 둥글게 어루만졌다. 진회색 모직 재킷에 버건디 넥타이라니. 평소 점퍼를 좋아하는 그의 옷차림과는 달라도 많이 달랐다. 김섬은 그의 손을 거두어 어깨에서 내렸다.

　"무슨 일이야? 저녁 시술 예약까지 취소하고 나왔어."

　"보고 싶으니까. 마음을 제대로 표현 못 하는 것도 장애라며?"

　그가 생일을 축하한다며 갑자기 김섬의 뺨에 입을 맞췄다.

　"생일은 모레야."

　"어, 그래? 그럼 두 번 해야겠네?"라며 그가 소리 내어 웃었다.

　김섬은 그를 만나는 동안 단 한 번도 주말을 함께 보낸 적이 없었다. 모레면, 그를 만난 이후 백열다섯 번째 주말을 맞이하지만, 변화는 없을 거라고 확신했다. 그렇다고 불만이 있는 것은 아니었다.

"일단 집 쪽으로 가요."

김섬이 냉랭하게 말했다.

"오늘은 바다 보러 가자. 나만 믿어."

홍지표가 입가에 웃음을 띤 채 서둘러 출발했다.

퇴근 시간에 접어든 도로는 체증으로 엉망이었다. 차는 겨우 아파트 단지를 빠져나와 올림픽대로로 진입했다. 김섬은 목적지를 짐작할 수 있었다. 차가 김포한강로에 들어섰을 때, 라디오에서 90년대 가요가 연이어 나왔다.

"잘하면 동막해변에서 일몰을 볼 수 있겠네."

그가 혼잣말처럼 중얼거렸다. 시간에 맞춰 도착하더라도 지금처럼 찌푸린 하늘이라면 일몰은 보지 못할 게 뻔했다. 차는 강화 초지대교를 지나 좌회전을 한 후 해변을 따라 속도를 올렸다. 왼편에 동검도로 이어진 제방 도로가 보였다.

생포레 호텔 일 층에는 프랑스 요리 전문 식당이 있었다. 홀은 넓지 않지만 층고가 제법 높아 구색은 모두 갖춘 것 같았다. 단정한 조끼 유니폼을 입은 직원이 창가 자리로 두 사람을 안내했다. 넓은 유리창으로 조금 전 지나온 침엽수림과 그 너머 어둑해진 바다가 보였다. 김섬은 본 메뉴를 생략하고 양파 수프만 주문했다. 홍지표는 소고기 스튜를 주문하고 디 저트는 어쩌면 밀푀유, 하지만 식사를 마친 후 정하겠다고 말 했다. 직원이 와인을 따라 주고 어디론가 사라지자 홍지표가 재킷 주머니에서 자그마한 상자를 꺼냈다. 포장을 풀자 네모 난 파란 벨벳 케이스 안에 핑크빛이 도는 14K 팔찌가 들어 있 었다.

김섬은 "아!" 하고 자기도 모르게 감탄사를 뱉었다. 자신의 취향과는 너무도 맞지 않는 물건이었다.

"직접 채워 줘?"

홍지표가 득의양양한 표정을 지었다.

"아니야, 고마워요."

김섬은 팔찌를 손목에 대어 보고는 역시 아니라는 생각에 고개를 끄덕거렸다. 그녀는 몸에 액세서리 따위를 달고 다니 는 것을 좋아하지 않았다. 또한, 타투이스트면서도 문신을 몸 에 새기고픈 욕구도 크게 없었다. 간단한 레터링 정도로 만족 했다.

"나중에 찰게요."

궁색한 변명을 떠올리려다 김섬은 그만 입을 다물었다.

"할 말 있어."

그의 눈이 반짝 빛나며 그녀를 바라보았다. 별안간 그녀는 한기가 들고 턱이 떨렸다.

호텔 방에 들어오면 그는 먼저 옷부터 벗었다. 실내 공기가 차갑든 따뜻하든 상관없이 마치 공중목욕탕에서 탈의하듯 거침없이 훌훌 벗어 던졌다. 처음엔 그의 그런 행동이 낯설고도 한편으론 시원시원해서 그녀는 웃음을 터뜨렸다. 미끈하고 잘생긴 성인 남자가 성기를 덜렁거리며 눈앞에서 오락가락하는 게 천진난만해 보였다. 누디스트 비치에 드러누운 그를 상상해 보았는데 그 또한 자연스럽게 느껴졌다.

그녀는 그의 왼쪽 어깻죽지를 뒤덮은 타투를 보았다. 그날 피부를 뚫고 점점이 잉크를 주입하던 바늘의 촉감이 아직 손끝에 고스란히 남아 있었다.

13

　김섬이 홍지표를 처음 만난 건 순전히 벌집 때문이었다.

　그녀의 타투 스튜디오는 길가 일 층에 자리해 오가는 사람들의 눈에 쉽게 띄었다. 어느 날 스튜디오 맞은편 꽃집 여자는 가게 안까지 날아든 벌을 내쫓다가 타투 스튜디오 간판 밑에 매달린 벌집을 발견했다. 벌집은 구멍이 숭숭 뚫린 연꽃 꽃받침을 뒤집어 걸어 놓은 것 같았다. 작은 벌 서너 마리가 구멍을 들락거렸다. 말벌이 아니라면, 그녀는 멋진 장식품처럼 벌집을 그대로 두고 싶었다. 타투 스튜디오와 벌침이 무관하게 느껴지지 않았다.

말벌에 쏘이면 죽을 수도 있다고 꽃집 여자가 입방정을 떨었다. 그건 재난이라고 힘주어 말했다. 꽃집 여자가 계속 몰아붙이는 바람에 119 안전신고센터에 신고를 했다. 십 분도 채 지나지 않아 소방서 물차 한 대가 골목에 도착했다. 두 명의 구급대원이 평상복에 가까운 유니폼 차림으로 차에서 내렸다. 한 사람은 양손에 스프레이 살충제를 들고 있었고, 한 사람은 등산용 스틱을 들고 있었다. 벌은 생각보다 훨씬 더 위험하다고 스틱을 쥔 대원이 말하면서 벌집 근처에 얼씬도 못 하게 했다. 벌집의 크기와 남은 벌이 얼마나 되는지 확인하고자 그 대원이 벌집에서 조금 떨어져 살충제를 살포했다. 다른 대원이 중첩 스테인리스 봉을 길게 뽑아 벌집을 툭 쳤다. 별안간 수십 마리가 넘는 벌 떼가 벌집을 빠져나왔다. 대원들이 비명을 지르며 뒤로 물러났다. 그때 물차에서 또 한 사람이 내렸다. 사각 턱 때문인지 인상이 다부져 보이는 남자였는데 그가 바로 홍지표였다. 그는 화재 안전조사팀장이었지만 그날 다른 지역으로 출동 간 대원을 대신해 현장에 나온 것이다. 그가 곧장 벌집을 향해 걸어가며 손에 들고 있던 배드민턴 채를 휘둘렀다. 김섬은 그러한 대응을 지켜보면서 어딘가 프로답지 않다고 생각했다. 적어도 방충복과 망사포로 둘러친 모자라도 써야 하는 게 아니냐고 묻고 싶었다.

"어라, 말벌이 아니네."

그가 쪼그리고 앉아 벌집을 뒤적거렸다. 떼죽음을 당한 벌들과 부서진 밀랍 조각이 바닥에 떨어졌다.

김섬은 대원들에게 음료를 대접했다. 홍지표와 나머지 두 사람은 나이 차가 있어 보였다. 홍지표는 한사코 사양하는 대원의 어깨를 다독이며 그의 손에 음료를 쥐여 주었다.

"색이 이쁩니다. 무슨 음료죠?"

홍지표가 김섬을 돌아보았다.

"오미자차예요."

"맛도 진한데요?"

그가 컵을 흔들자 얼음이 달그락거렸다.

"원액에 탄산수를 섞고 허브 잎 몇 장을 넣었어요."

"그래서 향이 나는군요."

홍지표가 음료를 쭉 들이켰다. 성질이 급한 모양이라고 김섬은 생각했다.

"그럼, 이만. 또 다른 벌집을 제거하러 가야 해서요."

홍지표가 그녀에게 빈 잔을 주었다. 그러고 나서 옷매무시를 가다듬으며 스튜디오 안을 둘러보았다. 그는 김섬의 귀 뒤쪽에 세로로 새겨진 알파벳 레터링을 뚫어지게 보았다.

"꼭 흘러내린 머리카락 같습니다. 무슨 뜻입니까?"

그가 물었고 대답을 기다렸다.

"비밀이에요."

김섬이 눈으로 웃었다.

"혹시 남자도 시술하세요?"

그가 물었다. 그의 목소리가 은근하고 조심스러워 그녀는 픗, 하고 웃었다.

"네"라고 당연하다는 듯 그녀가 대답했다.

"아니, 네일숍은 남자 손님을 꺼리는 데가 많더라고요. 어떤 미장원에서는 머리는 잘라 주면서도 수염을 부탁하면 못마땅해하더라고요. 그래서 물어봤습니다."

홍지표가 입안의 얼음을 와드득 씹어 먹었다. 그러고는 아쉬운 듯 입맛을 쩝 다셨다. 김섬은 냉장고에서 원액이 담긴 작은 생수병을 꺼내 그에게 주었다.

"부모님이 직접 농사지어서 짠 거예요. 오늘 도와주셔서 감사합니다."

그는 사양하고 싶은 마음이 안 든다며 능청스럽게 입가에 웃음을 지었다. 그 표정이 어릴 때 텔레비전에서 본 외국영화의 주인공을 닮았다고 김섬은 생각했다. 그는 무언가 말하고 싶은 듯 입술을 달싹이다가 그냥 뒤돌아섰다.

그를 다시 만난 건 그로부터 한 달이 지나서였다. 가을장마가 도시의 저지대를 아수라장으로 만들고 난 후였다.

홍지표는 청바지와 검은색 면티에 베이지 리넨 재킷을 입고 나타났다. 김섬은 한눈에 그를 알아보지 못했다. 전화로 예약할 때 그는 시치미를 떼고서 별다른 말을 하지 않았다. 폭우로 인한 산악 구조와 수중사고 구조에 정신이 쏙 빠지는 계절이라며 그가 한숨을 내쉬었다. 조금 한가해진 틈을 타서 찾아왔다고 했다.

"그러면 소방관님이 홍지표 씨네요?"

그가 '통지표'라고 놀리지 말라며 싱거운 소리를 했다.

그녀는 시원한 우엉차를 내왔다.

"요즘 한가하세요? 손님이 없네요." 그가 물었다.

"겹치지 않게 한 사람씩 예약을 받아서요."

그러면 손님도 편하고 자신도 작업에 집중할 수 있다고 김섬이 말했다.

홍지표는 주저하지 않고 웃통을 벗어젖혔다. 그의 상체는 튼실했다. 왼쪽 어깻죽지 쪽에 두툼하게 얽은 분홍색 흉터가 퍼져 있었다. 화재 현장에서 얻은 화염 화상이라고 그가 말했다.

"딸기나무를 그려 주세요."

홍지표가 말했다.

"네?"

"불타는 떨기나무요."

그녀의 집게손가락에 끼워진 묵주반지를 그가 내려다보았다. 플래티넘 재질의 심플한 디자인이었다.

"소방관님도 가톨릭 신자세요?" 그녀가 물었다.

홍지표가 살짝 웃으며 고개를 저었다.

"언젠가 친형제 같았던 동료가 떨기나무 이야기를 해 주었어요."

"어쩐지 과거형처럼 들리네요." 그녀가 웃음기 섞인 목소리로 물었다. "이제는 친하지 않으세요?"

"예, 이제는 가깝지 않아요. 떠났어요, 멀리."

그가 무덤덤하게 말했다.

"아, 죄송해요."

그녀가 묵례하듯 고개를 한 번 숙였다.

그는 타투로 흉터를 가려 달라고 말했다. 몸을 씻을 때마다 확인하는 흉터는 그날의 현장을 떠오르게 하고, 그러면 한 치 앞도 볼 수 없던 매캐한 연기와 유독가스, 그리고 뜨거운 불길 속으로 들어가던 제이의 뒷모습이 머릿속에 떠올랐다. 쉬익 쉭, 건물 안의 목재류는 사나운 짐승 같은 소리를 내며 바닥으로 쏟아져 내렸다. 기억의 구간이 요약된 것처럼 그 장면만 반복해서 재생되었다. 김섬은 느리게 재생되는 그의 말을 들으면서 자신도 뜨거운 불길 속에 갇힌 것 같은 착각이 들었다.

그날 불이 난 집은 산동네에 있는 오래된 한옥이었다. 출근전 새벽이라서 골목에 불법 주차된 차들이 많아 펌프차의 접근이 어려웠다. 여러 개의 소방 호스를 연결해 겨우 화재 현장에 닿았다. 대응 일 단계가 발령된 뒤 불을 진화하고 있는데 할머니 한 분이 홍지표를 붙들었다.

"우리 애가 안에 있다고요. 살려 주세요!"

할머니의 성난 눈빛이 홍지표를 노려보았다.

"울 아기 꺼내 줘, 빨리!"

할머니가 발을 굴렀다. 뻣뻣한 나뭇가지 같은 손으로 홍지표의 등을 떠밀었다. 순간적이었지만, 홍지표는 싸한 느낌에 몸을 떨었다.

"제가 다녀오겠습니다!"

제이가 건물 안으로 들어가며 소리쳤다. 홍지표가 손을 뻗어 제이를 붙잡고는 고개를 끄덕였다. 홍지표가 건물 안으로 들어갔다. 제이가 홍지표의 뒤를 따라왔다. 방화복이 열기에 녹아 살갗에 들러붙는 것 같았다. 매캐한 연기가 실내에 가득한데, 한순간 제이의 모습이 보이지 않았다. 저만치서 제이의 공기호흡기 점멸등이 깜박였다. 홍지표는 경보기를 누르며 제이의 이름을 속으로 외쳤다. 천장에 보온재로 채운 톱밥이 순식간에 타오르며 집은 하릴없이 무너져 내렸다. 갑자기 들보가 내려앉았다. 불붙은 목재가 홍지표의 어깨를 강타했다. 홍지표는 절룩거리며 현장을 벗어났다. 그러나 제이는 끝내 그 집에서 빠져나오지 못했다.

할머니의 아기는 다섯 살 된 푸들이었다. 대원 한 명이 이미 건물을 빠져나와 골목을 돌아다니던 강아지를 찾아서 할머니에게 안겨 주었다.

"주의 천사가 떨기나무 한가운데로부터 솟아오르는 불꽃 속에서 그에게 나타났다. 그가 보니 떨기가 불에 타는데도 그 떨기는 타서 없어지지 않았다."

불타는 떨기나무.

김섬이 성당에 안 나간 지 십 년이 훨씬 넘었다. 소위 말하는 '냉담자'였다. 그렇지만 양 떼를 치던 모세가 호렙산에서 소명 받는 구절은 아직도 기억에 생생히 남아 있었다.

몇 가지의 도안을 홍지표에게 보여 주었다. 모두 떨기나무와 연관된 그림이었다. 여러 가지 이콘과 모자이크 성화, 심플한 라인만 살린 펜화, 그리고 이집트의 성카타리나 수도원에 심겨 있는 실제 떨기나무 사진까지 보여 주었다. 최종적으로 그가 고른 것은 마르크 샤갈의 〈떨기나무 앞의 모세〉였다.

"이런 풍이면 좋겠습니다."

메마르고 거친 광야에서 마른 덤불로 엉켜 사는 떨기나무. 자신을 볼품없다고 생각하는 모세의 존재감과 다름없을 것이다. 왜소하고 무력하고 상처 입은 도망자 신세인 자신을 직면하면서 모세는 체념했을 것이다.

김섬은 샤갈의 모세를 들여다보았다. 부드러운 선과 순수한 색상으로 표현한 그림. 신성한 분위기를 만드는 파랑과 녹색을 보니 현실에서 잠시 발을 떼고 공중에 뜬 것처럼 느껴졌다.

홍지표는 불타는 떨기나무 속에 나타난 천사에게 관심이 많았다. 김섬은 그가 천사에 집중하는 이유를 알 것 같았다.

흉터를 덮어야 하므로 몇 차례 도안 크기를 조절해야 했다. 그림에 등장하는 떨기나무의 중심을 어깨관절에서 시작해 아래로 내리고 덤불은 겨드랑이 쪽과 어깻죽지 전체로 덮으면 괜찮을 것 같았다. 인물은 위 팔뚝 뒤쪽과 척추 쪽으로 나누어 보니 전체적으로 균형이 맞았다. 총작업 예상 시간은 스물한 시간이었다. 격일제로 근무하는 그는 일주일에 두 번 시간을 낼 수 있다고 했다. 한 번에 세 시간씩 모두 일곱 번의 작업이 필요해 사 주 후면 끝날 것이었다.

김섬은 긴장하면 손에 땀이 찼다. 그녀는 이 순간을 기억하게 될 홍지표를 생각하자 약간 긴장이 되었다. 그녀는 그 긴장감을 일종의 책임감이라고만 받아들였다. 고무판이나 돼지껍질에 연습하던 시절은 이미 오래전에 끝났다.

시술을 위해 몇 차례 만나면서 두 사람은 가까워졌다. 네 번째 만남에서 홍지표는 죽은 동료 얘기를 꺼내다 눈물을 흘렸다. 구급 현장의 참혹하고 어처구니없는 죽음과 주검들. 그 현장의 기억을 약으로 버티다가 극단적 선택으로 삶을 마감하는 동료들.

남자의 벗은 등이 흐느끼는 걸 처음으로 보았다. 김섬은 묘한 감정에 사로잡혔다. 한 번도 느껴 본 적 없는 감정이었다.

"나이를 먹으니 눈물이 많아집니다."

홍지표가 코를 풀었다.

"늙어서 그런 거죠, 노화로 눈물관이 좁아져 조금만 울어도 눈물이 넘치는 거예요."

다시 모로 누운 그의 등 뒤에서 아무렇지 않은 듯 김섬이 말했다.

"슬플 때 흘리는 눈물은 살짝 신맛이 난대요, 산성 성분이 많아서. 그래도 화학성 물질을 몸 밖으로 방출하는 거니까 건

강에는 좋겠죠."

"카타르시스네요. 그럼 기뻐서 흘리는 눈물은요?"

그의 목소리가 맹맹했다.

"그 눈물은 단맛이래요, 염분 대신 포도당이 들었거든요. 그리고 분해서 흘리는 눈물은 짜고 쓴맛이 난대요, 화가 나면 교감신경이 흥분하잖아요? 눈을 부릅뜨게 되고 평소보다 눈을 깜박이지 않아 수분이 증발해요. 그래서 눈물의 농도가 진해지고, 나트륨이 많아지는 거죠. 이건 저도 잘 알아요."

김섬은 유년 시절부터 혼자 있는 시간이 많았다. 공유 스튜디오로 출발했던 이 공간에도 결국 혼자 남게 되었다. 그래서 혼자 짐을 싸고 풀고, 부재한 누군가를 대신해 싸우거나 견뎌야 했다. 원하든 원치 않든 그런 상황이 자주 만들어졌고 줄기차게 이어졌다. 이젠 익숙해서 그렇게 혼자 있는 자신을 관상하는 심정이었다.

사 주 뒤, 홍지표는 완성된 타투를 보고 환하게 웃었다. 김섬은 남자의 깨끗한 치열을 보고 기분이 묘해지는 자신이 낯설었다.

"부활입니다."

홍지표가 말했다.

"맞아요."

김섬의 목소리가 가볍게 떨렸다.

"부활은 화려한 듯해도 상처를 그대로 안고서 일어나는 일이잖아요."

그날 홍지표는 김섬에게 데이트를 신청했다. 매번 제공해 준 유기농 오미자 원액과 멋진 작업에 대한 감사의 기회를 얻고 싶다고 했다.

"양양 수산항에 지인의 요트가 정박해 있는데 바다 좋아하면 거기로 갑시다."

"이런 식으로 꼬시나 봐요?" 그녀가 콧방귀를 뀌었다. "제가 쉬워 보이죠?"

그는 긍정도 부정도 하지 않은 채 어린애처럼 졸라 댔다.

"안 바쁘세요? 불이 안 나도, 매일 훈련 연습에, 건물과 사업장 안전시설 점검하랴, 환자 이송에다 인명 구조, 벌집 제거, 동물 구조, 교통사고 사상자 구조, 또 이런저런 구조 출동들, 문 개방이나 민원 처리까지 네버 엔딩 스토리잖아요?"

"연차라도 내서 쉴 수 있을 때 쉬어야죠."

"그럼, 밥이나 한번 먹어요."

그래서 홍지표와 처음 간 곳이 강화도였다. 그가 찾아낸 장어 요릿집에서 저녁을 먹었고, 서로 묻지는 않았지만 이의 없이 호텔에서 함께 밤을 보냈었다.

홍지표는 호텔 방에 들어서자마자 옷을 벗었다. 옷을 다 벗고 난 후부터 말이 없어졌다. 극단적인 흐름에 자신도 당황하는 것 같았다. 그는 문이 잠겼는지 다시 확인했다. 머리맡 콘솔 테이블에는 그가 식당에서 가져온 작은 꽃송이가 물컵에 골똘한 모양으로 꽂혀 있었다.

김섬은 무수한 의구심에 가득 찼던 한 문장에 마침표를 찍었다. 자발적으로 체온을 올리는 일. 혀를 달싹거렸다. 이불 속에서 그의 불타는 떨기나무를 손끝으로 쓸어 주었다. 모세와 천사와 푸른 아버지. 손끝으로 그의 음경 아래를 부드럽게 어루만져 주었다. 고환과 항문 사이 팽팽한 음경 뿌리가 움찔거릴 때까지.

날짜를 계산해 보니 안전한 기간이었다. 김섬은 바람에 흔들리는 배처럼 조금씩 삐걱거렸다. 바람이 물 위에 썼다가 지운 문장들. '검은 점은 흔들려도 검은 점'이라는 제목의 전시가 생각났다. 바다는 펼쳐 놓은 책처럼 고요했다. 타투는 사랑이라고 김섬은 썼다. 삶에는 바다가 꼭 필요하다. 그녀의 무거운 문장들이 물속으로 가라앉았다. 밀착한 두 사람의 몸 사이에서 공기가 빠져나갔다. 꿈에 젖은 홍지표의 몸이 축 늘어졌다. 그는 팔꿈치로 바닥을 짚고서 몸을 조금 들어 올렸다. 그의 얼굴이 땀에 번들거렸다.

그들이 소유할 수 있는 것은 아무것도 없었다.

다시 바람이 불었다. 달콤한 맛과 향기가 입천장에 닿았다. 문득 김섬은 본가 마당에 서 있는 배롱나무가 떠올랐다. 손끝으로 줄기를 간질이면 잔가지들이 파르르 떨리는 간지럼나무. 마침내 두 마리의 독수리처럼 서로의 목에 머리를 파묻은 채 침대 위에 둥지를 틀었다.

홍지표는 외상 후 증후군 장애를 앓고 있었다. 언젠가 화재 진압 현장에서 이십 킬로에 달하는 방화복을 찢고 불 속에서 사라져 버리고픈 충동에 사로잡힌 후, 심리 상담 프로그램에 참여했다. 이윽고 불면증이 그를 찾아왔다.

그는 잠들기 전, 약을 챙겨 먹었다. 세 종류의 수면제였고, 효과는 딱 세 시간이었다. 몇 번의 만남 끝에 그가 말했다.

"한번 먹어 볼 테야?"

"그래."

홍지표가 그녀에게 감기약을 주는 방식도 마찬가지였다. 먼저 자기 손바닥에 몇 종류의 알약을 올려놓은 뒤 소통이라도 하듯 알약을 잠시 응시한다. 그러고 나서 그녀의 손바닥에 약을 옮겨 준다.

약을 먹은 지 십 분이 지났다. 의식을 말짱히 유지하려 애쓰면 약은 작동하지 않았다. 그러다 방심하는 한순간, 온몸을 압박붕대로 조이듯 천천히 몸이 조여 왔다. 침대 속에서 누가 양어깨를 잡아당기듯 온몸이 빨려 들어가는 것 같았다.

"이게 무슨 뜻이야?"

홍지표가 눈을 게슴츠레 뜨고서 손끝으로 그녀의 귀 뒤쪽 타투를 문질렀다.

"신만이 나를 심판할 수 있으리."

그녀는 웃으려고 애썼지만 웃음이 지어지지 않았다. 그러다 한순간 꿈도 없는 깊은 잠에 빠져들었다.

14

김섬은 침대에 걸터앉아 욕실에서 들려오는 물소리에 귀
를 기울였다. 욕실 바닥엔 자잘한 타일이 깔려 있었다. 바닥
에 가볍게 부딪혀 튕겨 오르는 물방울들. 발목이 시려 왔다.
그는 샤워하면서 노래를 흥얼거렸다. 이원규의 〈행여 지리산
에 오시려거든〉의 한 대목을 부를 때는 목에 솟아오른 핏대
가 눈에 보이는 것 같았다.

그래도 지리산에 오시려거든
세석평전의 철쭉꽃 길을 따라

온몸 불사르는 혁명의 이름으로

온몸 불사르는 혁명의 이름으로 오시라

김섬은 더는 호텔 방을 사진으로 남기지 않았다. 낯선 방에 들어서면 트윈 전망이나 나무랄 데 없는 매트리스의 탄력감, 그리고 침대 시트의 청결한 상태, 이런 것보다 그녀의 흥미를 끄는 건 그림이나 사진이었다.

강화도 생포레 호텔 1215호 벽에는 누군가 유화 물감으로 모사한 10호 크기의 〈행복한 눈물〉이 걸려 있었다. 그림 속 여자를 들여다보던 김섬의 입가에 씁쓸한 미소가 걸렸다. 그림에 말풍선을 그려 넣는다면 어떤 대사가 그럴듯할까.

첫 남자 친구가 몇 번의 관계 후에 김섬에게 말했었다.

"넌 왜 반응이 없어? 싫으면 싫다든가 좋으면 좋다든가. 어떤 여자는 절정에서 눈물까지 흘린다던데."

그 후로 그녀는 거짓 오르가슴을 연출했다. 남친의 귓속으로 신음을 흘려보내고 질 근육에 몇 번 힘을 주면 끝나는 일이었다. 하지만 그녀는 자괴감과 무용함을 동시에 느꼈다.

"넌 조용해서 좋아, 난 침대에서 시끄러운 건 질색이거든."

처음과는 달리, 홍지표는 점점 침대에서 나는 소리를 참지 못했다. 그리고 지직거리는 라디오의 잡음이나 작은 소음에도 민감하게 반응했다.

"뭔가 불에 타는 소리야."

극심한 공포와 스트레스, 그리고 우울증. 그는 가끔 환시에 시달리는 것도 같았다. 어느 대기업 창업자가 우울증 악화로 고인이 되었다던 뉴스가 기억났다. 그가 돈이 없어서 치료받지 못한 건 아니었을 것이다. 우울증은, 그러니까 돈으로도 치료할 수 없는, 병증의 한계가 없는, 정말로 폭주하는 기관차와 같은 것 아닐까? 우울증은 일종의 천형이고 지울 수 없는 낙인이라고 홍지표가 말했다.

"우리 같이 살까?"

로비 식당에서 밀푀유를 조각내 입으로 가져갈 때였다. 김섬은 스푼을 내려놓고 그를 건너다보았다. 와인 한 잔에도 금세 얼굴이 붉어진다는 걸 알고 있었지만, 그의 눈가가 더 붉어진 듯 보이는 건 조금 전에 한 말 때문일까?

김섬은 침대에 걸터앉아 타월을 허리에 두른 홍지표를 바라보았다. 배꼽에서 시작된 잔털이 명치 쪽으로 꼬불거리며 이어졌다.

"무슨 생각 해?"

그가 고개를 갸웃하며 김섬 곁에 앉았다. 침대에서 일어서려는 그녀를 그가 끌어당겨 눕혔다. 거부할 틈도 없이 그의 손이 옷 속으로 미끄러져 들어왔다.

"앗, 차가워."

손이 살갗에 닿자 그녀가 비명을 지르며 어깨를 움찔했다. 힘이 들어간 그의 손이 그녀의 옆구리에서 갈비뼈로 피부를 쓸어 올리듯 지나갔다. 김섬은 입술을 삐죽거리다 터져 나오는 웃음을 겨우 참았다. 새로운 발견에 생의 비의를 알아챈 것 같았던 밤이 있었다. 하지만 쾌감의 역사는 너무도 일찍 끝나 버렸다. 그와의 행위가 불쾌한 통증처럼 그녀의 신경을 건드렸다. 관자놀이가 뜨거워졌다.

그녀는 자신이 그에게서 바라는 바가 무엇인지 희미하게나마 깨달을 수 있었다. 미래를 꿈꾸며 만남을 이어 온 것이 아니라는 것. 그가 그의 동거녀와 헤어지길 바란 적이 한 번도 없다는 것을 깨닫게 되었다.

김섬은 그를 앞질러 호텔 방을 나섰다. 뒤따라 나온 그는 그녀를 붙들고 같이 있는 게 중요하다며 영화라도 보러 가자고 졸랐다.

15

늦은 저녁, 동검도에 있는 예술극장에서는 프랑스 감독의
영화를 상영했다. 원제가 '시간은 모든 것을 파괴한다'였다.
영화는 엔딩 크레디트부터 시작해 사건의 결말을 먼저 보여
주는 역순행적 구성이었다. 여주인공이 음침한 지하도에서
변태성욕자인 깡패에게 십 분 넘게 항문 강간을 당하고, 끔찍
한 폭행 끝에 정신을 잃는다. 얼굴에 피를 뒤집어쓴 여주인공
이 사체처럼 쓰러져 있는 장면이 스크린에 계속 머물렀다. 관
람석 앞쪽에 혼자 앉았던 여자가 흐느끼기 시작했다. 김섬의
머릿속에 잊고 지낸 기억이 불쑥 떠올랐다.

이복동생인 건우는 김섬보다 한 살이 어렸다. 그래도 어린 시절부터 친구처럼 지냈었다. 고등학교 일 학년이 된 어느 날, 건우는 엠피스리(MP3)에 똑같은 노래를 두 시간 분량으로 채워 김섬에게 주었다. 노래 가사가 본인의 마음이라며 수줍게 말했다.

어느 날 밤, 이어폰으로 그 노래를 들으며 집으로 가던 골목에서 김섬은 낯선 남학생 두 명과 마주쳤다.

"네가 김선이지?"

개중 키가 큰 남자애가 알은체했다. 김섬은 '김선'을 정정해 주고 싶었으나 더럭 겁부터 났다. 입술을 앙다물었다.

"우리랑 놀러 갈래?"

별안간 야구 모자가 김섬의 어깨를 뒤에서 움켜잡았다. 김섬은 너무 아파 비명조차 지를 수 없었다. 키 큰 애가 김섬의 머리칼을 어루만졌다. 그 순간, 김섬은 발작적으로 비명을 질렀다. 건우의 이름을 부르려고 했지만 소리가 입 밖으로 나오지 않았다. 노래 가사와는 달리 텔레파시는 통하지 않았다. 그때 골목에 나타난 사람은 아버지의 후배 동호 아저씨였다. 아저씨의 몸에서 술내가 훅 끼쳤다.

"이리 와 봐라. 느그덜 뭐고?"

동호 아저씨가 손끝을 까딱대며 오라고 신호했다.

그제야 김섬은 다리가 풀려 바닥에 털썩 주저앉았다.

"아재요, 상관 말고 그냥 가이소, 내 동생입니더."

키 큰 애가 말했다.

동호 아저씨가 뚜벅뚜벅 둘에게 다가가더니 느닷없이 키 큰 애의 뺨을 올려붙였다.

"내 딸이다, 이 새끼야. 난 너 같은 자식 낳은 적이 없는데?"

동호 아저씨가 야구 모자를 향해 손을 번쩍 쳐들었다. 야구 모자가 움찔하며 뒷걸음쳤다.

"낯이 익다. 특히 너!"

동호 아저씨가 키 큰 애를 손가락질했다. 그러자 둘은 슬금슬금 골목 밖으로 달아나 버렸다.

김섬은 주저앉아 눈을 부릅뜬 채 부들부들 떨었다. 한순간, 전봇대 뒤에서 슬그머니 빠져나오는 검은 그림자를 보았다. 건우였다.

극장을 나서는 홍지표의 얼굴이 노랗게 질려 있었다. 뭔가에 극도로 집중해 기력을 다 쏟은 것처럼 핏기라곤 볼 수 없었다. 김섬은 극장 앞 비탈길을 내려가다 다리가 휘청거려 하마터면 앞으로 고꾸라질 뻔했다.

"바보같이."

홍지표가 혀를 찼다.

김섬은 걸음을 멈추고 앞서가는 홍지표를 바라보았다. 한 번도 들은 적이 없는 낯선 말투였다. 그의 거친 걸음걸이도 전에 없이 낯설게 느껴졌다. 그는 뭔가를 찾는 듯 호주머니를 뒤적거렸다.

"뭐 해, 빨리 안 오고."

차 문을 열다 말고 홍지표가 김섬에게 소리쳤다.

지금껏 그가 보여 준 모습은 모두 가짜일지도 모른다. 김섬은 속아 넘어간 자신이 한심하게 느껴졌다. 그의 말을 맞받아치려다가 좀 더 지켜보자고 자신을 타일렀다.

홍지표는 입을 꾹 다문 채 시동을 걸었고, 연륙교를 건너 삼거리 구멍가게 앞에 차를 세웠다. 그러고는 가게로 가서 담배를 사 왔다.

십 년 만에 다시 피우는 담배는 어떤 맛일까. 홍지표는 김섬에게 양해도 구하지 않고 차 안에서 담배를 피웠다. 김섬은 창문을 내렸을 뿐, 잔소리는 하지 않았다. 오랜만에 피우는 담배라고 했지만, 그는 기침 한 번 하지 않았다. 다만 수전증에 걸린 것처럼 손을 떨었다. 그는 흡사 조금 전 영화에 등장한 건달처럼 손가락으로 담배꽁초를 튕겨 창밖으로 날려 보냈다.

"소방관이 그래도 돼요?"

김섬이 반농담조로 말했다. 홍지표는 아무런 대꾸 없이 앞만 보고 무작정 달렸다.

갯벌에는 작은 목선 한 척이 정박해 있었다. 바람이 갈대밭을 흔들며 지나갔다. 그는 오줌을 누고 줄담배를 피웠다. 김섬은 차에 기댄 채 팔짱을 끼고서 그를 노려보았다. 마침내 그가 완전히 정신 나간 표정으로 김섬을 돌아보았다. 바람에 그의 머리칼이 헝클어졌다.

"거짓말처럼, 어릴 때 기억이 떠올랐어."

뜻밖에도 그의 목소리는 차분했다. 그는 두 손으로 제 얼굴을 문지르다 눈자위를 꾹꾹 눌렀다.

"어떻게 감쪽같이 잊고 살았지?"

그가 중얼거렸다.

김섬은 그에게 아무것도 묻지 않았다. 홍지표는 햇볕에 녹아내리는 눈사람처럼 자꾸 바닥에 퍼지려고 했다.

"내 주위에는 피해자만 있었어."

그가 계속 말을 이었다.

"항상 옆에서 피해자들을 바라보다 보니 언제부턴가 나 자신이 가해자처럼 느껴졌어. 사실 가해자랑 다를 것도 없지. 그들에게 아무것도 해 준 게 없으니. 그래서 차라리 나도 피해자였으면 좋겠어. 그냥 죽어야 한대도 피해자로 죽으면 사는 게 좀 더 깔끔할 것 같아."

그가 말을 마치고 긴 한숨을 내쉬었다. 그녀는 휘청거리는 그를 힘겹게 붙들고 차로 돌아갔다.

홍지표는 소방관에게 안식년이 없다는 것이 아쉬웠다. 동료들에게 미안했지만 어쩔 수 없이 보름간 병가를 내고 강원도에 있는 작은 사찰로 떠났다.

그날 강화도 예술극장에서 김섬과 함께 영화를 보고 난 홍지표는, 느닷없이 돌멩이처럼 날아온 중학교 이 학년 때 기억을 떨쳐 내지 못했다. 삼십 년 가까이 잊고 살았는데, 어떻게 한순간에 어제 일처럼 떠오를 수 있을까. 그는 경악했다.

전문의를 만나기 전, 홍지표는 김섬에게 순순히 진술했다. 지금껏 누구에게도 한 적이 없는 고해였다.

홍지표는 중학교에서 대현을 만났다. 둘은 금세 친해졌고 서로의 집을 오가며 식구들과 같이 밥을 먹는 사이가 되었다. 모래처럼 머리색이 밝았던 대현은 종종 사람들에게 오해를 받았다. 혼혈이냐고 묻거나 심지어 염색했다고 나무라는 어른도 있었다.

그날 하굣길에 삼 학년 선배가 대현의 뒤통수를 갈겼다. 그러고는 머리를 툭툭 건드렸는데, 대현이 팔로 쳐 내고는 선배에게 대들었다. 그러자 네댓 명의 선배들이 한꺼번에 달려들어 대현을 폭행했다. 그러고 나서 그들은 홍지표와 대현이 서로의 뺨을 때리게 했다. 홍지표가 거부하자 누군가 그의 명치께를 발로 강타했다. 홍지표는 무릎을 꺾으며 통증이 가실 때까지 헛구역질을 했다. 끝도 없이 입안에 침이 고였다. 다시 일어난 홍지표는 대현의 뺨을 때렸다. 약하게, 약하게, 세게, 더 세게! 손바닥이 얼얼해지도록 힘을 실어 대현의 따귀를 올려붙였다. 너도 때려, 그냥 때려! 그러나 대현은 끝까지 그러지 않았다.

그들은 매일 대현을 어딘가로 끌고 갔다. 어느 날 쫓아가려는 홍지표를 대현이 제지했다. '네가 할 수 있는 일은 아무것도 없어.' 대현이 눈으로 하는 말을 들을 수 있었다. 그들이 대현에게 무슨 짓을 했는지를 두 달이 지나 알 수 있었다. 대현이 아파트 옥상에서 투신한 후 여러 소문이 학교에 떠돌았다. 반 아이들이 추잡하고 폭력적인 행위들을 홍지표의 등 뒤에서 묘사할 때 어린 홍지표는 옥상에서 뛰어내리고 싶었다. 무력하고 무력한 날들이 구두점도 없이 흘러갔다. 홍지표의 얼굴에 짙게 그늘이 자리 잡을 무렵, 홍지표의 집은 외가댁이 있는 서울로 이사를 했다.

16

눈으로 셀 수 있을 만큼 눈송이는 느릿느릿 내려왔다. 고속
도로 양쪽에 펼쳐진 벌판이 온통 하얬다. 완만한 곡선을 그린
언덕 위로 어슴푸레 아침이 밝아 오고, 순식간에 풍경이 환해
졌다. 수호는 카메라를 꺼내 창밖을 찍었다.

혜람은 아침 여섯 시 십 분 전에 호텔 로비로 내려갔다. 수
호는 이미 다섯 시부터 대기 중이었다. 매슈와 노느라 잠을
설쳤다며 연신 하품을 했다.

출발 시각이 되자 한꺼번에 몰린 승객들로 로비는 난장판
이 되었다. 기사는 서서라도 가겠다고 고집부리는 승객들과

실랑이하다가 가차 없이 버스 문을 닫아걸었다.

공항은 이미 사람들로 북적거렸다. 담요를 덮고 벤치에서
자는 사람들도 보였다. 혜람은 수호와 함께 공항 안내 직원의
착오로 엉뚱한 곳에서 시간을 낭비했다. 탑승권을 받으려고
항공사 창구에 이르렀을 때 이미 줄은 길게 늘어져 있었다.
"두세 시간은 걸릴 것 같네요."
수호가 줄 끝에 서서 말했다.
"아직 시간 있으니까 기다려 보자."
그녀의 말에 수호가 고개를 끄덕였다.
그때 안내방송이 흘러나왔다. 2E 구역 2번 체크인 데스크
부근 화장실 입구에서 주인 없는 가방이 발견되었으니, 승객
들은 한 사람도 빠짐없이 3, 4번 체크인 데스크 방향으로 대
피하라는 내용이었다. 놀란 사람들은 미련 없이 줄을 벗어나
자리를 떠났다. 무장한 군인들이 승객들을 계속 몰아 댔다.
줄을 지키고 섰던 사람들이 불만을 터뜨렸다.
"잘됐어요, 누나. 어차피 줄을 다시 설 테니깐 제 옆에 서
있어요."
승객들이 제자리걸음을 하자 무장한 군인 한 명이 짧은 영
어로 소리쳤다.

"폭탄 있다, 위험하다. 가라, 계속, 가라!"

그가 물러나라는 손짓을 하며 마지막 말을 뱉었을 땐 승객들이 소리 내어 웃었다. 행렬 앞쪽이 보이지 않을 만큼 무수한 사람들이 출렁대며 밀려났다. 수호는 행렬의 끝을 지켰다. 폭탄이 아니라는 방송이 나오면 바로 창구로 뛰어가려고 상체를 앞으로 수그리고 있었다.

혜람은 사람들의 뒷모습을 보다가 우연히 출입구 쪽 벤치에 비스듬히 기대어 잠든 여자를 보았다. 거대한 군중이 움직이는데도 미동도 하지 않고 잠자고 있는 여자. 묵다였다. 혜람이 묵다를 알아볼 수 있었던 이유는 묵다의 몸을 덮고 있는 기내용 담요 덕분이었다. '스리랑칸 에어라인(Srilankan Airlines)'의 문양이 그려진 묵다의 담요. 묵다는 어딜 가든 그 담요를 휴대했다. 프랑스어 수업에 올 때도, 도서관에 갈 때도 부적처럼 항상 기내용 담요를 가지고 다녔다. 그녀의 고향 웰리가마의 물빛을 닮은 색깔 담요. 그녀는 프랑스로 오기 전 그곳 해변의 서핑 스쿨에서 강사로 일했다. 서핑 입문자들에게 서핑 노하우와 서프보드 관리법, 파도를 길게 타는 기술을 가르치며 바다의 딸로 살았다. 마침내 그녀는 혼자가 된 것일까. 집채만 한 파도를 극복하면 삶에 대한 두려움도 사라진다고 말하던 묵다. 그런 삶을 다시 살게 된 것일까. 예전보다 얼굴이 조금 핼쑥해진 묵다는 잠에 빠져 아무런 걱정이 없어 보였다.

수호는 보안검색대를 통과하고, 면세점 앞을 지나다가 매슈를 만났다. 혜람은 먼발치에서 매슈에게 인사했다. 매슈와 수호가 주먹 인사를 나누고 가볍게 포옹하더니 서로의 어깨를 두드렸다. 수호가 돌아와 혜람에게 말했다.

"탑승 시각이 세 시간 늦춰졌다네요."

"괜히 서둘렀네."

"서울에서 한잔하기로 했어요."

"이런 재난이 없었다면 만나지 못했을 인연들이야."

혜람이 저만치 면세점에서 안경을 고르고 있는 장은주를 바라보면서 말했다.

혜람은 탑승 게이트 앞 의자에 앉아 눈이 흩날리는 밖을 내다보았다. 통유리 너머로 잿빛 하늘과 맞닿은 지평선이 보였다. 형광 조끼를 입은 사람들이 항공기를 점검하고 있었다. 짐을 실은 작은 트럭들이 눈길 위를 오갔다.

인천행 비행기의 탑승을 알리는 방송이 흘러나왔다. 혜람은 자리에서 일어나 파카를 한번 툭툭 털었다. 수호는 배낭에 책을 집어넣었다.

활주로를 느릿느릿 움직이는 비행기의 항로가 앞 좌석에 붙은 모니터로 중계되었다. 그녀는 수호와 나란히 앉아 화면을 보았다. 아직 관제탑의 신호를 기다리는 중이라는 기내 방송이 흘러나왔다. 활주로에서 띄엄띄엄 움직이던 비행기가 별안간 미끄러지듯 속도를 내며 달렸다. 이윽고 굉음을 내면서 눈 깜짝할 사이에 이륙했다. 그녀의 팔에 수호의 팔꿈치가 닿았고 어색해진 그녀는 팔을 내렸다.

"누나, 저 기내식 안 먹습니다. 지금부터 자려고요."

수호는 수면안대를 착용한 후 담요를 턱밑까지 끌어올렸다. 그에게 악몽의 한 챕터인 오늘은 막을 내리고, 꿈속의 현실이 시작될 모양이었다.

인천공항에 도착한 시각은 아침 일곱 시였다. 혜람은 수호를 쫓아 수화물 찾는 곳으로 갔다. 짐은 아직 올라오지 않았고, 컨베이어 벨트만 텅텅거리며 작동했다.

"찾을 짐도 없는데 먼저 가."

혜람이 수호를 돌아보며 말했다.

"짐 찾는 거 보고요."

"괜찮아, 밖에 식구들 기다리잖아. 나중에 메일로 연락하자."

수호가 캐리어 주머니에서 작은 봉지를 꺼내 혜람에게 내밀었다. 혜람은 얼떨결에 봉지를 받아 안을 들여다보았다. 벨기에산 초콜릿이었다.

"별거 아니에요."

수호가 말을 마치고 돌아섰다. 수화물 검색대 앞에서 혜람을 향해 다시 한번 손을 흔들었다.

컨베이어 벨트에서 짐이 거의 빠져나가고 열댓 명의 승객이 아직 자리를 지키고 있었다. 유니폼을 입은 공항 직원이 남아 있는 사람들을 향해 큰 소리로 말했다.

"수화물을 못 찾으신 분들은 절 따라와 신고해 주세요! 팔로 미, 플리즈(Follow me, please)!"

혜람은 직원을 따라 걸었다. 사람들은 지친 표정으로 창구 앞에 모여 있었다. 두 명의 항공사 직원이 승객들에게 수화물 분실 신고서를 나눠 주었다. 혜람은 직원에게 짐의 행방을 물었다.

"죄송합니다, 출발 취소로 비행기에서 내린 짐들을 화물 창고에 보관하다가 목적지가 다른 짐들과 섞였다고 합니다. 다음 비행기로 도착할 겁니다. 짐이 도착하면 바로 연락드리고 댁까지 배달해 드리겠습니다. 제가 작성하겠습니다."

혜람은 직원이 묻는 대로 이름과 주소, 연락처를 말했다.

"트렁크 색깔과 특징을 말씀해 주세요."

"샘소나이트, 네이비블루, 폴리프로필렌 재질이에요."

혜람은 빠르게 적어 내려가는 직원이 트렁크의 색깔을 녹색이라고 쓰는 것을 보았다.

"감색, 파랑이에요."

직원이 아무렇지 않은 표정으로 정정했다.

짐을 찾지 못한 승객 중에는 파리 공항에서 보았던 외국인 커플도 끼어 있었다. 그들은 또 한 번 불만을 쏟아 내고 자리를 떠났다. 혜람은 서둘러 공항을 벗어나고 싶은 욕구에 마음이 졸아들었다.

17

그동안 무엇이 변했는지 세세히 알 수 없지만, 버스에서 본 서울은 몇 년 전과 사뭇 달라 보였다. 한겨울이어선지 풍경은 훨씬 을씨년스럽고 무거웠다. 혜람은 가방 주머니에서 열쇠 꾸러미를 찾아 손에 쥐었다. 김섬이 도쿄 여행에서 사 왔던 오리 모양의 열쇠고리였다. 대학 시절부터 죽 함께 살았던 김섬은 혜람에게 가족이나 마찬가지였다. 때로는 믿음직한 조력자였다. 김섬과 밀린 얘기를 하느라 밤을 꼬박 새워도 좋을 것 같았다.

대로에서 작은 길로 접어들면 오르막이었다. 길 가장자리를 따라 쳐진 가림막 너머에서 아파트 신축 공사를 하고 있었다. 동네의 혈관처럼 뻗어 있는 골목길에는 여전히 세탁소와 약국과 반찬 가게가 있었다. 그녀는 오래된 미장원을 지나 녹색 대문의 다세대주택 앞에서 걸음을 멈췄다. 대문을 밀고 들어가 삼 층까지 이어진 외부 계단에 발을 디뎠다.

집 안의 공기가 따뜻했다. 이 집에서만 나는 냄새, 눈에 보이지 않으면서도 동시에 너무도 구체적으로 모든 신경세포를 일깨우는 이 냄새에 혜람의 코끝이 찡해 왔다. 혜람은 거실 벽에 걸린 둥근 거울을 마주했다. 비로소 안전지대에 들어선 작은 짐승처럼 자신의 눈빛이 순해지고 있었다. 혜람은 난방 온도를 낮추었다. 베란다 문을 활짝 열어젖혔다. 쌩한 바람이 친근한 냄새를 피우며 집 안으로 들어왔다. 모슬린 커튼이 바람에 부풀어 올랐다. 바깥 베란다에 놓인 꽃나무들이 누렇게 말라비틀어져 있었다. 혜람은 실눈을 떠 먼 곳을 바라보았다. 올림픽대로를 꽉 채운 차들과 조각난 한강이 눈에 들어왔다.

혜람은 과장되게 끙끙 앓는 소리를 내며 거실 좌탁 앞에 다리를 뻗고 앉았다. 바닥의 적당한 온기가 엉덩이에 전해졌다. 그렇게 앉은 채로 실내를 둘러보았다. 벽에는 여전히 소피 칼의 작품 사진과 나탈리 레테의 전시 포스터가 붙어 있었다.

시디 음반이 빼곡한 책장과 오동나무 서랍장 위에 놓인 목각
인형도 그대로였다. 혜람은 자리에서 일어나 부엌으로 갔다.
냉장고에 포스트잇이 붙어 있었다.

웰컴 홈!
휴대전화 개통했으니까 메모 읽고 얼른 전화해.
―섬

메모 끝에 그려진 섬 모양의 이모티콘. 혜람의 양쪽 입꼬리
가 저절로 올라갔다. 김섬에게 전화를 걸었다. 신호음이 여러
번 울린 후 김섬의 목소리가 전화선을 타고 들려왔다.
"헤이, 집에 왔구나?"
김섬이 낮은 목소리로 말했다. 작업 중인 모양이었다. 혜
람은 물을 머금은 것처럼 입을 벌리지도 않고 "어"라고 대답
했다.
"자연재해는 오천 년 전이나 지금이나 어쩔 수가 없다."
"낙하산 메고 착지한 느낌이야."
말끝에 혜람이 웃었다.
"공항에 확인했더니 그런 일이 벌어졌더라고. 그래서 인터
넷으로 계속 상황 체크 했어. 아침에 보니 도착했다고 떴고."

"일하는 데 방해하는 거 같아."

"그래, 이따 저녁에 봐. 냉장고 채워 뒀으니 챙겨 먹어."

전화를 끊고 나자 혜람은 자신이 정말 서울에 왔다는 것을 실감했다.

거실 좌탁 위 장미꽃이 바싹 말라 있었다. 혜람은 꽃병을 들고 개수대로 가서 물을 비워 냈다. 역한 물비린내에 속이 울렁거렸다. 냉장고에는 음식들이 가득했다. 채소와 가공식품, 그리고 에쉬레 버터가 눈에 띄었다. 한국에서는 인터넷의 힘을 실감할 수 있었다. 어디서나 인터넷이 가능한 게 어색하게 느껴지면서도 어느새 손은 배달용 앱을 설치하고 있었다. 가스레인지는 인덕션으로 대체됐고, 못 보던 커피 머신과 복합 오븐이 갖춰져 있었다. 혜람은 물통을 집어 그대로 입으로 가져갔다. 레몬 한 조각을 띄운 생수가 속을 진정시켰다.

혜람의 방은 떠날 때 그대로였다. 데스크톱이 놓였던 자리만 빼고, 책장의 책들도 옷장도 그대로였다. 마치 타임리프를 해서 과거로 돌아온 것 같았다.

김섬의 방은 어딘가 산란하게 변해 있었다. 퀸사이즈 침대가 방을 차지하고, 지지대가 반원을 그리며 휘어진 조명등은 머리통만 한 갓을 쓰고서 어느 순간 뚝 하고 부러질 것 같았다.

머리맡의 콘솔에는 아로마 향과 캔들 관리 용품이 세트로 갖춰져 있었다. 혜람은 한 뼘 길이의 캔들스너퍼를 만져 보았다. 은회색 재질의 단순한 디자인이었는데 처음 보는 물건이었다.

혜람은 우선 속옷을 갈아입고 싶었다. 김섬의 옷장 문을 열었다. 서랍을 열어 포장을 뜯지 않은 속옷 하나를 꺼내 갈아입었다. 예전엔 김섬과 같은 사이즈의 속옷을 입었는데 자신의 몸이 불어난 것인지 팬티가 조금 끼는 느낌이었다.

혜람은 손빨래한 팬티를 타월 사이에 넣고 발로 밟았다. 트렁크에 든 파우치에 비상용 팬티를 넣었던 게 기억났다. 사소한 물건이지만 막상 없으니 불편하기 짝이 없었다. 그녀는 어느 정도 물기가 빠진 팬티를 드라이어로 말리려다 그만두고 건조대에 널었다.

오래전부터 집안일만 해 온 사람처럼 혜람은 익숙하게 청소를 했다. 플라스틱 자루에 걸레 포를 씌워 바닥을 닦고, 냉장고 위라든가 눈에 잘 띄지 않는 곳에 쌓인 먼지를 걸레로 훔쳤다. 욕실을 청소하고, 꽃나무의 마른 잎을 정리한 후 화분을 실내로 옮겼다.

그녀는 책장에서 단테의 책을 뽑아 들었다. 자연스레 준오가 떠올라 기분이 울적해졌다. 준오 하나만 보고 프랑스로 가겠다고 결정했을 때 김섬은 극구 반대했었다.

"좀 경솔한 거 아냐? 떨어져 지낸 시간도 길었고. 그런데 왜 혼인신고만 한다는 거야? 이왕이면 결혼식을 하지. 이모님이랑 내가 가족으로 가면 되잖아?"

혜람은 김섬이 걱정하는 게 무엇인지 알아들었다.

외국에서 혼자 오래 지낸 남자는 중독된 게 많았다. 술과 담배는 물론이고, 사람에게도 금방 중독되는 것 같았다. 그는 혜람에게 너무 사랑한다면서 혜람의 모든 것을 알고 싶어 했다.

"술은 그렇다 쳐도 애정이 지나치면 집착이 된다."

김섬이 말했다.

혜람은 그의 관심이 남들보다 좀 유별난 방식으로 표현되는 거라고 생각했다. 그의 말과 행동이 가끔은 연기처럼 느껴져 별로 심각하게 다가오지 않을 때도 있었다. 하지만 그건 오류의 어둠이 시작되는 지점이었다.

18

"혜람아, 혜람아."

누군가가 어깨를 건드렸다. 하지만 혜람은 눈꺼풀을 들어 올릴 수가 없었다. 등에서 거실 바닥의 온기가 전해졌다.

"밖에 눈 온다."

눈이라는 말 때문이었을까. 혜람은 눈을 반짝 떴다. 김섬이 그녀의 머리맡에 앉아 빙그레 웃고 있었다. 혜람은 팔꿈치로 바닥을 짚고 일어나 앉았다.

두 사람은 오래 포옹했다. 김섬에게서 바깥의 신선한 공기 와 오렌지 꽃 향기가 풍겼다. 혜람이 김섬의 등을 가만히 토

닥였다.

"너도 오고 눈도 오네."

김섬이 물끄러미 혜람을 보았다.

혜람은 베란다 쪽을 바라보았다. 일기예보대로 눈이 내리고 있었다.

"옷 갈아입고 나올게."

혜람은 방으로 들어가는 김섬을 눈으로 좇았다. 예전보다 수척해진 김섬은 마치 헐렁한 옷을 입힌 마리오네트 같았다. 혜람은 바닥에 놓인 김섬의 가방을 보고는 피식 웃었다. 오래 전부터 김섬이 갖고 싶어 하던 가죽 재질의 고가품이었다.

김섬이 싱크대 밑에서 라클레트 그릴을 꺼냈다. 김섬이 능숙하게 칼질을 했다. 밥물도 제대로 맞추지 못했었는데. 혜람은 식탁 의자에 앉아 앞치마를 두른 김섬을 신기하게 쳐다보았다.

"셰프 같네."

혜람이 쿡 웃었다.

"뭐든 하니까 늘더라고."

김섬이 무심히 혜람을 바라보았다.

"나 없으니 못 먹어서 죽을 뻔했구나?"

"살아야겠다는 본능이 칼을 들게 했지."

혜람은 기분 좋은 나른함에 취해 바삐 움직이는 김섬을 바라보았다. 그러다가 문득 자신이 아무것도 하지 않고 있다는 사실에 초조해지기 시작했다.

"설거지는 내가 할게."

"먹기도 전에 웬 설거지 타령이야?"

김섬이 식탁에 라클레트 재료가 담긴 접시를 내려놓았다. 삶은 감자를 칼등으로 살살 문대고는 껍질을 벗겨 냈다.

"시차 적응에 며칠 걸리겠구나?"

"기내에서 잤어. 근데 아직 짐을 못 찾았어."

"잃어버렸어?"

김섬이 손을 멈추었다.

"실었다 내렸다가 하는 와중에 다 섞여 착오가 생겼나 봐. 다음 비행 편으로 온대."

"다음이라면, 이미 도착했지! 내가 스케줄 확인했잖아."

"네 연락처 남겼어. 전화 안 왔어?"

김섬이 고개를 저었다.

혜람은 항공사 사무실로 전화를 걸었다. 한참 만에 상대방의 목소리가 들려왔다.

"죄송합니다, 고객님. 현지에서 저희 직원이 알아보고 있는데, 어쩌면 못 찾을 수도 있다고 그러네요."

"무슨 말씀이세요?"

"창고에 보관 중인 가방이 현재 삼만 개가 넘는다고 해요. 수화물 태그가 떨어진 것도 있고요. 혹시 가방에 따로 이름은 쓰셨어요?"

"네, 썼어요."

"고객님 거주지가 프랑스인가요?"

혜람은 어찌 될지 모르지만, 현재는 그렇다고 했다.

"그럼, 못 찾을 경우를 대비해 영수증을 갖고 계세요. 보험 보장이 되거든요."

"그건 나중 일이고요, 일단 찾아 주세요."

혜람의 목소리에 짜증이 묻어 나왔다.

"죄송해요, 고객님. 현지에서 명단 넘어오는 대로 바로 연락드리겠습니다."

혜람은 머리를 절레절레 흔들며 전화를 끊었다.

"트렁크에 뭐 중요한 거 있어?"

김섬이 걱정스레 물었다.

혜람은 트렁크 안에 김섬에게 주려고 발효식품과 라벤더 농장에서 직접 만든 아로마 향초, 골동품 가게에서 산 캔들스 너퍼를 포장해 넣었다.

"내일이라도 오겠지. 우리 음악 듣자."

김섬이 휴대전화에서 음악을 골라 플레이 버튼을 눌렀다. 잠시 후 블루투스 스피커에서 키타라 연주가 튕겨 나왔다. 잊고 있던 가수의 목소리가 나지막이 귓가에 들려왔다. 아말리아 로드리게스였다. 김섬이 노래를 따라 불렀다.

"파도가 말했네, 당신은 영원히 돌아오지 않을 거라고. 검은 돛단배가 수평선을 넘어오네, 하지만 당신은 떠난 게 아니지. 내 가슴에 나와 함께 있네."

"신파 같다고 싫어했잖아?"

"요즘은 콜드플레이보다 이런 게 좋아."

"비발디는 여전히 좋아해?"

김섬이 다시 휴대전화를 만지자 비발디의 〈글로리아 인 엑셀시스 데오(Gloria In Excelsis Deo)〉가 흘러나왔다. 김섬은 볼륨을 한껏 올렸다. 도입부에서 피아노가 빠르게 지나가고, 코러스의 합창이 하나로 뭉쳐지며 울려 퍼졌다. 김섬은 혜람이 눈을 찡그리는 것을 보았다. 아주 오래된 혜람의 버릇을 다시 보니 김섬은 웃음이 나왔다. 아무것도 달라지지 않은, 오래전의 혜람을 보는 것 같은 착각이 들었다.

"아랫집 시끄럽겠어."

김섬은 리카르도 무티처럼 눈을 감고 턱을 쳐든 채 두 손으로 허공을 휘저었다. 혜람은 가슴이 짜릿했다. 음악을 들으며 밤새 수다를 떨고 책을 읽고 미래를 상상하던 그때가 아련히 떠올랐다.

"나 내일 강원도 간다."

김섬이 혜람을 바라보았다.

"누구랑 가는지 안 물어?"

뒤에 한 말을 얼버무리듯 김섬은 서둘러 가방을 가져와 뒤적거렸다. 그 속에서 봉투를 찾아 혜람에게 건넸다.

"전세 보증금에 네 몫도 있잖아, 일단 가지고 있어."

혜람이 준오와 헤어졌다는 사실을 알고 나자 김섬은 제일 먼저 돈을 마련했다. 프랑스로 송금할 생각이었다. 혜람이 집을 얻자면 돈이 필요할 터였다. 하지만 혜람이 사양하는 바람에 김섬이 보관하고 있었던 거였다.

혜람은 봉투를 들고 방으로 들어갔다. 손가방에 넣으려다 말고 책꽂이에서 단테의 책을 뽑아 갈피 속에 봉투를 끼워 두었다.

김섬이 좌탁에 차를 내왔다. 유리 티포트 안에서 둥글게 말린 꽃이 천천히 부풀었다.

"준오 씨는 가끔 봤어?"

"이따금."

"잘 지내?"

"그럭저럭."

"너의 그럭저럭은 별로라는 말이지, 아마도?"

김섬이 찻잔을 따뜻한 물로 데웠다. 혜람은 베란다 창으로 눈길을 돌렸다. 먼 하늘에서 눈이 계속 내리고 있었다.

"내일 몇 시에 출발해?"

"아침 일곱 시. 넌 일어나지 마."

김섬이 찻잔에 차를 따랐다.

"오늘은 오랜만에 같이 잘까?"

김섬이 묻고는 고개를 끄덕였다. 혜람도 고개를 끄덕거렸다. 티포트 안에서 꽃이 만개했다. 잇꽃이 풀어지며 그 안에서 붉은 꽃잎이 떠올랐다. 흐릿한 꽃향기가 주위에 떠다녔다.

어슴푸레한 빛이 커튼 사이로 미끄러져 들어와 방 안을 비추었다. 김섬의 방이었다. 김섬이 나갈 때 현관문 닫히는 소리를 들은 것도 같았다. 빗장뼈가 도드라지게 살이 빠진 김섬의 모습이 혜람의 눈에 자꾸 밟혔다. 머릿속은 여전히 물 먹은 솜처럼 무거웠다.

시차 때문인지 간밤에 잠을 설쳤다. 새벽 두 시가 될 때까지 멍하니 천장만 바라보았다. 혜람은 김섬을 방해하지 않으려고 조용히 침대를 빠져나왔다.

혜람은 어둠 속의 사물들을 눈으로 더듬으며 오랜만에 준오를 생각했다. 프랑스는 여덟 시간이 늦어 한국에서는 이미 지나간 전날 저녁 여섯 시였다.

저녁 여섯 시, 그는 늘 그랬던 것처럼 아페리티프를 마실 것이다. 그는 귀가하면 티브이 앞에 앉아 포르투 와인을 홀짝이며 퀴즈 프로그램을 보곤 했다. 그동안 혜람은 저녁을 준비했다. 프라이팬에 기름을 두르고 잘게 썬 양파와 마늘과 베이컨을 넣고 볶았다. 거기에, 데쳐 둔 토마토와 정원에서 따 온 허브를 잔뜩 잘게 찢어 넣고 은근한 불에 오래 끓였다. 다른 불 위에서 익힌 스파게티를 건져 접시에 담고 그 위에 소스를 얹었다. 혜람은 입가에 소스를 묻히며 스파게티를 먹는 그를 보며 일상의 기쁨을 만끽했다. 그가 밖에서 돌아와 편히 다리를 뻗고 쉴 수 있는 곳. 식욕을 자극하는 음식 냄새가 부엌에서 풍기는 집. 그것만으로도 충분하다고 생각했다.

준오는 혜람이 바깥일을 하는 것을 바라지 않았다. 때때로 혜람은 조금 취한 상태처럼 멍하니 서서 느린 리듬으로 흘러가는 시간을 지켜보았다. 새로운 언어를 익히며, 새장에 갇혀 같은 말만 익히는 앵무새로 변할까 두려웠다. 아무도 그녀에게 말해 주지 않았다. 쉽게 지워지지 않는 것들과 지워야 하는 것들에 대해서 말이다.

어둑한 거실을 가로질러 베란다 유리문 앞에 서서 밖을 내다보았다. 내리막길의 가로등 불빛 아래로 눈송이들이 떨어졌다. 올림픽대로를 달리는 자동차들의 꽁무니에서 붉고 노란 불빛이 흘러나왔다. 새벽까지 깨어 있는 서울의 불빛이 그녀에게 따스한 위안을 주었다. 모르는 사람들이지만, 그 시각에 깨어 있다는 게 그녀의 쓸쓸함을 조금은 덜어 주었다.

혜람은 식탁에 앉아 늦은 아침을 먹었다. 어디선가 까치 소리가 들려왔다. 강약과 높낮이 없이 시끄럽게 이어지는 새소리는 소음에 다를 바 없었다.

초인종이 울렸다. 방울새 울음 같은 소리에 혜람은 깜짝 놀라며 현관으로 갔다. 비디오 액정판에 긴 머리의 낯선 여자가 나타났다. 마스크를 착용하고 버킷햇을 눈 위까지 푹 내려써서 누군지 한눈에 알아볼 수 없었다. 혜람은 비디오폰 버튼을 누르고 누구냐고 물었다.

"꽃 배달 왔어요."

여자가 보란 듯이 손에 든 꽃다발을 화면 앞에 들어 올렸다.

"누구를 찾으세요?"

"김섬 씨 아닌가요?"

"김섬 씨는 지금 없는데요."

갑자기 여자가 현관문을 똑똑 두드렸다. 혜람은 손잡이를 붙든 채 빼꼼히 문을 열었다.

"김섬 씨 맞죠?"

여자가 마스크 뒤에서 히죽거리며 말하는 것 같았다. 말끝을 살짝 올리는 것도 버릇 같았다. 오래 아이들을 가르쳤거나, 친절하지만 일방적인 얘기를 자주 하는 사람이라고 해도 이상할 게 없을 것 같았다. 혜람은 여자의 눈을 바라보았다. 검은자위가 작고 눈매가 가로로 길게 찢어져 어딘가 서늘해 보였다.

"김섬 씨는 지금 집에 없어요"라고 혜람이 현관문 손잡이를 잡은 채 말했다.

여자가 꽃다발이 든 각진 플라스틱 가방을 혜람에게 건넸다. 거베라, 장미, 알륨, 무스카리, 그리고 폭죽 같은 핑크튤립 한 줄기가 한데 묶여 포장지 대신 물이 담긴 플라스틱 가방에 담겨 있었다. 꽃 사이에 손바닥만 한 편지 봉투가 달려 있었는데 발송인의 이름은 따로 적혀 있지 않았다.

"누가 보냈을까요?"

혜람이 물었다.

"보내는 사람 이름이 꼭 적혀 있진 않아요. 특히 깜짝 이벤

트일 경우엔 그래요."

여자는 돌아서려다 물 한 잔을 청했다. 주방으로 가는 혜람을 쫓아 여자가 얼른 집 안으로 들어섰다. 말릴 틈도 없이 식탁에 자리를 잡고 앉았다. 그러고 나서 마스크와 모자를 벗었다. 갸름하면서도 길쭉한 얼굴. 무언가에 취해 있는 것 같았다. 여자의 얼굴은 모딜리아니의 그림에 등장하는 여자들과 닮아 있었다. 여자가 혜람을 위아래로 훑어보았다. 혜람에게 잠깐만 앉으라고 권했다. 혜람은 얼떨결에 여자를 마주 보며 앉았다.

"체격은 작은데 가슴이 크네요."

여자가 설핏 입가에 웃음을 지었다.

"여기 오기 전, 이미 약을 먹었는데, 점점 약발이 떨어져."

여자가 혼잣말처럼 중얼거렸다.

혜람이 자리에서 일어나려 하자 여자가 손으로 앉으라는 제스처를 했다. 그러고는 파우치에서 약통을 꺼내 천천히 알약을 집어 입에 넣기 시작했다. 모두 스무 알을 삼킬 때까지 물 한 모금을 마시지 않았다.

"물론 내가 법적으로 그 사람 와이프는 아니지만."

"그만 나가 주세요."

혜람이 자리에서 일어나며 여자를 재촉했다.

여자가 한쪽 입꼬리를 피식 올리며 쓴웃음을 지었다. 알약을 한 알 더 집어 입에 넣었다. 마치 자잘한 새우를 까먹듯 알약을 씹어 삼켰다. 여자의 눈빛은 점점 모딜리아니의 그림 속 여자들의 눈빛과 닮아 갔다. 검은 눈동자는 사라지고 흰자위만 들어찬 눈. 마침내 여자가 식탁 위에 쿵 쓰러졌다. 여자가 쓰러지며 식탁 위 플라스틱 가방을 건드려 그 속에 든 물이 쏟아졌다. 덩달아 꽃들이 죽은 것처럼 물에 젖은 채 쓰러졌다.

응급실에서 깨어난 여자는 금방 혜람을 알아보았다.

"당신은 그를 진심으로 사랑하지 않잖아요? 당신은 그이를 몰라요. 그 사람 마음 밑바닥에 어떤 공포와 상처가 있는지. 당신이 그걸 알게 되는 날, 당신은 그를 떠나게 될 거예요. 부탁이 있어요. 그 사람한테는 제가 찾아갔다는 말은 하지 말아 주세요. 죽어 버리겠다고 불 속에 뛰어들지도 몰라요."

여자는 다시 까무룩 잠이 들었다.

혜람은 집으로 돌아와 식탁을 정리했다. 플라스틱 가방에 물을 채우고 꽃을 정리해 다시 넣었다.

보리차를 담은 따뜻한 컵을 들고 혜람은 방으로 갔다. 눈에 띄는 시디 한 장을 집어 거실로 나왔다. 그녀는 오디오에 전

원을 넣고 시디플레이어를 작동시켰다.

"나의 허물을 깨끗이 씻어 주소서"

스피커에서 알레그리의 〈미제레레(Miserere)〉가 흘러나왔
다. 예전과는 달리, 카스트라토의 솔로 파트에서 소름이 돋지
않았다.

커다란 바위의 안쪽 같은 어둠.

집 안의 사물들은 벌어진 일들에 대해 시치미를 떼었다. 혜
람은 문득 이 집이 남의 집처럼 낯설고 넓게 느껴졌다.

혜람은 김섬에게 타월을 건넸다.

"난 타월이 좋아."

젖은 머리를 말리며 김섬이 말했다. 그녀는 식탁에 앉아 혜
람이 마련한 밥을 허겁지겁 먹었다.

"너는 여전히 집밥을 만드는구나. 역시 집밥은 진심이지."

김섬이 엄지를 세웠다.

"요즘 만나는 사람 있어?"

혜람이 입을 열었다. 김섬이 혜람을 가만히 바라보았다.

"어제 집에 사람이 왔다 갔어."

"누구?"

김섬이 수저를 내려놓고 혜람을 보았다. 갑자기 목이 메는

지 캑캑거렸다. 물 한 잔을 다 마시고 나서 혜람에게 물었다.

"별일 없었어?"

"너 없다고 하니까 그냥 돌아갔어."

김섬이 혜람의 눈을 피했다. 사기그릇에 수저 닿는 소리만 낮게 들렸다. 혜람이 마른침을 삼켰다.

"휘둘리지 마."

"휘둘린 건 내가 아니야."

김섬이 입을 오물거리며 혜람을 건너다봤다.

"왜 그런 사람을 만나?"

"그런 사람이 뭔데?"

"그러지 마."

김섬이 수저를 탁 소리 나게 내려놓았다.

"거기선 어땠어? 네가 하고 싶어 하던 공부, 제대로 끝냈어? 너 여기 떠날 때 매몰차게 떠났어. 네 계획, 약속들, 다 없던 거로 하고 떠났단 말이지. 갔으면 주저앉아야지, 뭐 하러 돌아와? 이미 몇 년 전에 다녀갔는데 뭐 하러 또 나왔어?"

"갈 때도 올 때도 이유는 있었어."

"난 네가 이렇게 들락거리는 거 이해가 안 돼."

혜람은 가슴이 답답했다. 언젠가부터 사소한 일에도 심장이 두근거리며 빠르게 뛰었다. 혜람은 자리에서 일어나 방으로 들어갔다. 가방을 챙겨 현관을 나섰다. 뒤늦게 현관 밖으로 뛰어나오는 발소리가 들렸다.

혜람은 내리막길에서 미끄러져 엉덩방아를 찧었다. 서울의 밤하늘을 가리고 있는 전신주의 불빛이 시리게 눈 속으로 쏟아져 내렸다.

19

진눈깨비가 내리고 있어 혜람은 발끝에 힘을 주어 조심히 내디뎠다. 아파트 단지를 에워싼 담장을 따라 걷는 동안 허리께에 찌릿한 통증이 일었다. 길 끝에 있는 공원 조금 못미처 오른편에 완만한 오르막길이 있었다. 오르막길 왼편으로 야트막한 산이 있었고, 산 밑에 오래된 연립주택이 있었다. 외벽에 쓰여 있는 '화평빌라'라는 글자가 내리는 눈에 가려 흐릿하게 보였다.

혜람은 한 시간 전 이모에게 전화를 걸었다. 이모는 혜람의 귀국을 알고 있었다. 어제 김섬에게 연락을 받았다고 했다.

빗금을 그으며 내리는 진눈깨비를 맞으며 혜람은 연립주택 마당으로 들어섰다.

"혜람아."

건물 입구에서 기다리고 있던 이모가 마당으로 내려섰다. 혜람은 걸음을 멈추고 머리를 숙여 인사했다.

"춥다, 어서 들어가자."

이모가 맞잡은 손을 비비며 말했다.

이 층으로 통하는 계단에 다 올라섰는데 맞은편 현관문이 열리더니 자그마한 할머니가 고개를 내밀었다. 혜람이 알은체했다.

음식 냄새가 집 안에 진동했다. 이모는 곧바로 욕실에서 수건을 가져와 혜람에게 건네고 재빨리 부엌으로 갔다. 가스레인지 위 냄비에서 김이 피어올랐다.

"추어탕 먹고 싶었다며?"

이모는 김섬과 통화를 끝내고 곧장 추어탕 집을 다녀왔다고 했다. 혜람은 이모가 차려 준 밥상을 받았다. 추어탕 옆에는 동치미 그릇이 놓여 있었다. 혜람은 살얼음이 뜬 동치미 국물을 한술 떴다. 어릴 때 핥아먹었던 눈물 맛처럼 짭조름했다. 이모는 혜람에게 아무것도 묻지 않았다. 혜람이 주방에서 설거지를 하는 동안, 혜람이 어릴 때 잠깐 썼던 방에 잠자리를 봐 주었다.

"고단하지?"

이모는 혜람의 턱밑까지 이불을 끌어올려 주었다. 혜람은 눈을 감고 자는 척을 했다. 이모가 방을 나가자 자리에서 일어나 실내등을 켰다.

벽에 혜람의 그림이 걸려 있었다. 그림 오른쪽 아래 귀퉁이에 자신의 이니셜이 있었다. 어둑한 방 안에서 바깥을 보는 풍경이었다. 그림 속 열린 문으로 환한 마당이 보였다. 마당 너머로 몇 겹의 산자락이 겹쳐 보이고, 나머지는 맑은 하늘이었다. 그림을 오래 들여다보고 있으니, 마치 어둑한 방 안에 들어앉아 바깥을 보는 것처럼 느껴졌다. 그 바깥은 내부가 되고, 안은 또 하나의 외부가 되었다.

혜람은 자리에 누워 여러 길을 떠올려 보았다. 십 년 후의 자신을 떠올리자 남의 얘기처럼 웃음이 새어 나왔다. 한번 터진 웃음은 멈춰지지 않아 혜람은 아예 이불을 뒤집어썼다. 허리에서 시작된 통증이 꼬리뼈로 내려왔다. 그녀는 웃음을 참으며 자세를 바꿨다.

마당 쪽으로 난 창을 통해 햇살이 미끄러져 들어왔다. 집 안의 공기는 알맞게 따사로웠다. 거실 한쪽에 이모가 필사하는 노트와 경전이 놓여 있었다. 혜람은 펼쳐진 페이지를 눈으로 읽었다.

"고락여자당 사정유여이(苦樂汝自當 邪正由汝己)."

괴로움도 즐거움도, 잘되고 못 되는 것도 모두 자신에게 달렸다는 말이었다. 혜람이 좋아하는 구절이기도 했다.

현관문이 열리고 이모가 한 손에 바구니를 들고 왔다.

"시골에서 온 거란다."

잘 익은 먹감 하나를 바구니에서 꺼내 혜람에게 주었다.

"혹시 어디 아프니?"

이모가 혜람의 눈을 들여다봤다.

"밤새 앓는 소리를 내던데."

혜람은 꼬리뼈가 욱신거린다고 말하지 못했다.

"허리가 좀 뻐근해요."

"안마라도 받을래? 내가 아는 사람 소개해 줄 테니."

이모는 휴대전화에서 연락처를 찾아 혜람에게 알려 주었다. 그러고는 산에 간다며 가방을 챙겼다. 고무줄로 밑단을 조인 누비바지와 스웨터 위에 긴 패딩을 걸치고서 이모가 말했다.

"안 올라와도 되니까, 무리는 하지 마."

"조심해서 올라가세요."

혜람이 손을 흔들며 인사했다.

 사찰로 가는 큰길 옆에 샛길이 있었다. 혜람은 산길을 걸어 숲으로 향했다. 하얗게 눈 덮인 깨밭에 햇볕이 시리게 흩어 졌다. 이따금 눈길 위에 새 발자국이 보였다. 한나절 내내 발 끝으로 문자를 찍던 새들은 모두 어디로 갔을까. 강대나무 한 그루가 비스듬히 곁에 선 나무에 기댄 채 썩어 가고 있었다. 눈에 덮여 흔적조차 찾을 수 없는 길이었지만 마침내 그 장소 에 다다랐다. 무덤 두 기가 들어갈 만한 평평한 공간이었다. 울타리처럼 하얀 찔레꽃이 피었던 자리. 이곳에서 그녀는 준 오와 약속했었다. 언제나 서로 곁에 있어 주자고. 이따금 이 곳에 혼자 와서 책을 읽고, 편지를 쓰고, 때로는 한나절을 멍 하니 앉아만 있었다. 꼭 눈이 올 것같이 그래. 눈 소식도 없는 데. 그녀는 예전에 앉았던 널따란 돌을 내려다보았다. 돌 위 에 눈이 쌓여 있었다. 찔레나무 위에 쌓인 눈을 그러모았다. 손 마디마디가 아릴 때까지 가만히 움켜쥐었다.

 혜람은 법당으로 들어갔다. 오체투지를 하는데도 누구를 향한 것인지는 알 수 없었다. 자신이 진정으로 원하는 바가 무엇인지도 알 수 없었다.

이모가 백설기와 청귤이 담긴 봉지를 쥐여 주었다. 부모님 기일이 얼마 남지 않았다며 그때까지 한국에 있으면 일정을 비워 두라고 혜람에게 말했다. 만약 부모님이 살아 계신다면 자신의 행로가 달라졌을까, 혜람은 자문해 보았다. 부모님이 사고로 돌아가신 후 혜람은 더는 미래를 계획하거나 준비하는 것이 무슨 의미가 있나 싶었다. 오늘 밤에 아무런 일이 없었더라도 내일이 반드시 오리라고 장담할 수 없었다. 빙벽처럼 미끄럽고 차가운 쓸쓸함을 이겨 내기가 쉽지 않았다.

언젠가 수호가 물었던 적이 있었다. 죽은 자를 위해 산 사람이 할 수 있는 게 과연 무엇일까. 죽은 자는 살아 있는 자를 위해 무엇인가를 하긴 하는 걸까. 혜람은 자신이 얼마나 무력하고 미약한지를 인정할 수밖에 없었다. 죽음에 관한 질문은 역설적으로 출생의 증명처럼 이 세계를 떠날 때까지 따라다닐 게 분명했다.

해가 쨍쨍하게 떠 있는데도 코끝이 빨갛게 얼 정도로 공기가 찼다. 차가운 바람은 혜람의 목덜미를 파고들었다. 늘 하고 다니던 스카프가 떠올랐지만 어디에 두었는지 기억나지 않았다. 아직 짐을 받지 못했다는 사실이 다시금 생각났다.

혜람은 가방에서 휴대전화를 꺼내 항공사로 전화를 걸었

다. 어제 통화했던 직원이 전화를 받았다.

"죄송해요, 고객님. 아직 현지에서 명단이 넘어오지 않았어요. 거기 창고에 현재 만 오천 개의 가방이 남았다는데요, 혹시 모르니까 트렁크 내용물을 알려 주시겠어요? 뭐가 들었나요?"

혜람은 갑작스러운 질문에 당황했다. 기억의 한 부분이 잘려 나간 것처럼 트렁크에 무엇을 담았는지 기억나지 않았다.

"고객님 가방이란 걸 증명할 만한 물건을 말하는 거예요."

직원이 혜람을 재촉했다. 혜람은 기억나지 않았다. 전화기 너머에서 다른 회선의 벨이 울어 댔다. 직원은 혜람에게 했던 사과의 말을 누군가에게 하고 있었다. 재빨리 통화를 마친 직원이 혜람에게 다시 물었다.

"죄송합니다, 고객님? 가방이 고객님 거라고 증명할 만한 물건을 말씀해 주세요."

그 순간 혜람의 이마에 차가운 것이 떨어졌다. 허공을 보니 싸라기눈이 떨어지고 있었다. 먼 하늘이 짙은 잿빛으로 풀어지고 있었다. 다시 악몽의 행군이 시작되었다. 혜람은 영영 짐을 찾을 수 없으리라는 예감에 사로잡혔다. 더는 혜람의 손이 닿지 않는 곳, 이미 지나가 버린 시간 속에 매몰된 것 같았다.

20

정우는 동료들이 점심을 먹으러 나간 사이 사무실에 남아 책을 펼쳤다. 책 표지에는 나비 그림과 '옥 같은 너를 어이 묻으랴'라는 제목이 인쇄되어 있었다. 조선 후기 문인 학자 이덕무의 죽은 누이를 향한 절박한 정황. 정우는 어머니를 잠깐 떠올렸다. "나는 살을 발라내는 듯 아프구나." 정우는 그 문장에 오래 머물렀다.

그는 창가에 서서 미세먼지로 뿌옇게 변한 도시를 보고 있다. 사람들은 잰걸음으로 오가고, 맞은편 고층 건물 위로 잘려 나간 하늘이 빠끔히 드러났다. 골목 끝에서 만나는 왕복

팔 차선의 대로는 아예 보이지 않고, 대신 차들이 내는 소음
이 골목 안까지 흘러들었다.

오전에 노이혜의 전화를 받았다. 노이혜는 프랑스에서 일
주일을 머문 뒤 남편의 주검을 항공기 화물칸에 싣고서 같은
비행기로 귀국했었다. 노이혜는 늘 사무실 전화가 아닌 정우
의 휴대전화로 연락했다. 정우는 막연히 불쾌감을 느끼면서
도 어떤 의무감에 사로잡혀 그녀의 연락을 차단하지 못했다.

"강 팀장님, 오늘 점심 할까요?"

묘한 안도감을 주는 저음이었다. 이현조의 죽음으로 뒤숭
숭했던 마음은 벌써 제자리로 돌아와 적응했다. 매번 노이혜
의 전화를 끊고 나면 알 수 없는 불안감이 등 뒤에서 끼쳐 왔
다. 이런 감정의 언저리를 자꾸 만지작대는 자신이 마뜩잖아
그는 눈을 감고 한숨을 내쉬었다.

보름 전, 정우는 원장에게 사직서를 제출했다. 정우와 함께
프랑스 파트를 맡은 제니가 유독 정우의 퇴사를 아쉬워했다.

"팀장님, 혹시 이현조 씨 일로 그만두시는 거예요?

미국 파트 담당인 최가 정우에게 물었다.

오후 한 시를 지나 노이혜가 사무실에 도착했다. 계절의 흐
름에 민감한 사람들은 남들보다 먼저 옷 색깔을 바꾸는 것 같

왔다. 그것은 일종의 보호색처럼 보이기도 했다. 그녀가 입은 초록색 벨벳 재킷과 넥 셔링 흰 블라우스는 화사했지만 어쩐지 어울리지 않고 산만한 느낌이 들었다. 직원들이 파티션 너머에서 귀를 세우고 두 사람의 대화를 엿들었다. 정우는 노이혜와 사무실을 나서며 제니에게 좀 늦을지도 모른다고 일러두었다.

간단한 식사를 하고 싶었지만, 노이혜는 식사도 하고 얘기도 나눌 수 있는 식당을 원했다. 그는 걸어서 십여 분 거리에 직원들과 몇 차례 갔던 인도 음식점으로 향했다.

종업원이 망고 라씨와 맥주를 테이블에 놓고 갔다. 노이혜는 얼마 전 친정이 있는 동네로 이사했는데, 시댁에서 아이 문제로 자꾸 성가시게 해서라고 했다.

정우는 안산식물원에서 멀지 않은 장례식장으로 이현조를 조문하러 갔었다. 노이혜의 딸은 검정 개량 한복을 입고서 분향실에서 뛰놀고 있었다. 정우는 조문을 마치고, 노이혜를 따라 장례식장 뒤쪽의 주차장으로 갔다. 노이혜가 자동차 뒤에 쪼그리고 앉아 정우를 올려다보았다.

"혹시 담배 있으면 한 대만 주세요."

그 무렵 정우는 끊었던 담배를 다시 피우고 있었다. 그가 담뱃갑을 꺼내 노이혜에게 한 개비를 주고 불을 붙여 주었다.

"그 사람은 외로웠어요. 살아 있을 땐 시댁 식구들이 사람 취급을 안 했거든요. 그런데 이제 와서 가족처럼 구는 게 좀 역겨워요. 아니, 슬프다고 해야 할까요? 인간적으로 너무 슬픈데 인간적이지 않은 나는 어떻게 해야 할지 모르겠어요."

노이혜가 담배 연기를 길게 내뿜었다. 그러고는 무릎 위에 턱을 괴고서는 웃는지 우는지 알 수 없는 소리를 내며 몸을 앞뒤로 흔들었다.

"시어머니가 저더러 남편 잡아먹었다고, 제 머리를 움켜잡고 난리도 아니었어요."

노이혜가 눈을 치켜뜨고 입가에 웃음을 지었다. 아이가 엄마를 찾는 소리가 들려왔다. 노이혜는 두 손으로 무릎을 짚고 일어나 발끝으로 담배꽁초를 비벼 껐다. 검정 상복 밑자락에 묻은 흙먼지를 손으로 탈탈 털었다. 노이혜가 물끄러미 정우를 쳐다보았다.

노이혜는 입맛이 없다며 간단히 사모사 튀김을 주문했다. 정우는 병아리콩 카레를 주문했다. 그는 그제야 노이혜의 머리 스타일이 바뀐 것을 알아챘다. 지난번에 만났을 때까지도 길게 기른 생머리였는데 지금은 굵은 컬을 넣었다.

"아이 큰아버지 회사에선 일가가 상을 당하면 위로금이 나온다는데, 그것도 아무 말이 없네요. 이런 얘기도 다른 사람을 통해 알게 됐어요. 참, 저쪽에서 병원비는 언제 청구한대요?"

노이혜가 저쪽, 이라고 말하는 병원은 그녀의 남편이 일주일 동안 입원했던 프랑스의 대학병원이었다. 이미 오래전 정우는 병원에서 보낸 팩스를 받았었다. 환자의 가족에게 조의를 표하고, 입원비와 수술비는 현지에서 해결한다는 내용이었다. 그 소식을 전하려고 노이혜에게 전화를 걸었는데 결번이라는 안내방송이 나왔었다. 그녀가 주었던 명함에 적힌 전화번호도 전부 결번이었다.

"거기 병원에 집 주소를 남겨 놓긴 했는데, 그럼 청구서가 유학원으로 오는 건가요?"

정우는 병원에서 온 소식을 말하려다 말았다. 노이혜의 본심이 어떤 것인지 아직 정우 자신도 헷갈리고 있었다.

"현지에서 동원할 방법이 있어요. 여러 단체도 있고. 그러니, 너무 걱정하지 마세요."

정우의 말에 노이혜가 맞장구를 쳤다.

"통역해 주던 신 박사도 비슷한 얘기를 했어요."

정우는 인도 음식을 먹으면 향신료 때문인지 곧잘 체했다. 체할 줄 알면서도 벌 받듯이 자꾸 음식을 입에 밀어 넣었다.

"공지호라고 아시죠?" 그녀가 물었다.

정우는 기억이 가물가물했다.

"현조 씨 쓰러졌을 때, 유학원으로 전화한 사람 말이에요."

그녀가 정우에게 다그치듯 말했다. 그제야 정우는 공지호를 기억했다. 그의 얼굴보다는 목소리가 먼저 떠올랐다. 가을 학기에 맞춰 노이혜의 남편과 같이 유학 절차를 진행한 사람들은 구월 말에 출발했었다. 그들을 보내고 나흘째가 되던 날이었다. 정우는 퇴근길에 낯선 남자에게서 전화를 받았다. 남자의 목소리는 우렁찼지만, 말끝을 뭉개는 버릇이 있었다.

"그 와이프라는 사람 진짜 오는 거예요? 하, 반 편성 시험이 얼마 남지 않았는데 웬 방해예요!"

그는 같은 한국인이라는 이유로 성가신 일에 얽혔다고 말했다. 그날 정우는 왔던 길을 되돌아 사무실로 돌아갔다. 어학 학교 담당자의 전화는 발신음만 이어질 뿐 아무도 받지 않았다. 시차를 계산해 보니 점심시간이었다. 정우는 학생들이 머무는 대학 기숙사로 전화를 넣었다. 프런트에서도 이현조의 일을 알고 있었다. 서둘러 유학생 중 한 명에게 전화를 걸었다.

"팀장님, 그러잖아도 전화하려고 했어요."

전화선을 타고 오는 송앨리의 목소리가 반가웠다. 앨리는 이현조가 겪었던 황당한 차별과 멸시를 낱낱이 얘기했다.

"저도 들었어요."

노이혜가 말했다.

"같은 기숙사 사람들이 그이를 노골적으로 모욕했다고 하대요."

갑자기 노이혜가 큰 소리로 웃으며 말했다.

"거기 유학생들 사이에 소문났다면서요. 돈밖에 없는 여자가 장애 있는 남편을 보기 좋게 해외에 버렸다고요."

정우는 노이혜를 바라보았다. 그는 끝까지 프랑스에서 온팩스 내용을 그녀에게 알리지 않았다.

21

제니가 정우 자리에 앉아 군인 한 명과 상담하고 있었다. 보통 상담은 상담실에서 진행했다. 제니는 정우를 보고도 자리에서 일어나지 않았다. 정우는 제니의 자리에 털썩 앉았다. 컴퓨터 화면에는 고기 떼가 수초를 헤집고 다니는 화면 보호용 영상이 작동하고 있었다. 군인이 업무 대행 신청서를 채워 제니에게 돌려주었다.

"일주일 후 제대하시면 그때 여기, 팸플릿에 적힌 서류들 모두 챙겨서 한 번 더 나오시면 돼요. 아무래도 오프라인에서 직접 얼굴 보고 진행하시는 게 더 빨라요."

제니가 군인 쪽으로 펼쳐 놓은 팸플릿 어딘가에 분홍색 형광펜으로 줄을 그었다. 정우는 눈을 감고도 그 위치를 짚어 낼 수 있었다.

"보세요, 여기 나와 있는 보증인 서류와 은행 잔액은요, 나중에 입학허가서 받고 비자 신청하실 때 발급받는 거예요. 미리 받으시면 안 돼요. 그리고 이력서와 유학 동기서는 영어나 불어로 작성해야 하는데 저희가 불어로 번역해 드릴 거예요."

프랑스어를 배우러 가는 마당에 프랑스어로 쓴 유학 동기서를 제출하라는 건 사실 말이 안 되는 소리였다.

"감사합니다."

웃음 지으며 인사하는 군인의 귀밑이 붉어졌다. 제니의 눈빛은 입질이 시작된 찌에 눈독을 들이는 낚시꾼과 다를 게 없어 보였다.

"대행료는 시일 내에 입금하셔야 해요. 입금 확인되면 바로 절차가 시작됩니다. 그리고 비자 신청료는 나중에 비자 신청하는 날 준비하시면 됩니다. 아시겠죠?"

군인이 고개를 갸웃거렸다. 군인은 제니에게 들은 내용의 절반도 이해하지 못했을 것이다. 다 이해한 것 같아도 막상 지나고 보면 사람들은 서류 하나를 빠뜨리거나 잘못 가져오는 실수를 저지르곤 했다. 특히 재정보증인의 은행 잔액 증명서를 미리 제출하는 실수가 잦았다. 그건 신청자의 재정 상태가 넉넉하지 못했을 때 종종 일어나는 일이었다. 간신히 잔고를 맞추어 증명서를 발급받으면, 몇 시간도 안 되어 그 돈은 통장에서 빠져나갈 것이다.

"지금 대행료를 낼까, 하는데요."

군인이 윗주머니에서 지갑을 꺼냈다. 제니는 서두르지 않고 우선 간이세금계산서를 발급했다.

"저희 카톡 채널 추가하셨죠? 궁금한 거 있으면 언제든 카톡으로 보내 주세요."

"죄송해요, 팀장님."

제니가 코맹맹이 소리를 하며 다가왔다. 그녀가 비음 섞인 목소리로 애교를 부릴 때는 기분이 좋다는 뜻이었다. 그녀가 자리에 앉아 중지로 자판의 엔터 키를 톡 두드렸다.

"참, 이따 윤미진 씨 오기로 했어요."

윤미진은 인터넷에 올린 구인 광고를 보고 찾아온 사람이었다. 날씬한 체형에 긴 생머리를 가진 그녀가 최종 면접에서 한 가지 요구 사항을 말했었다.

"휴가가 너무 적은데요. 연차가 겨우 오 일이면, 여행 한번 못 가잖아요. 전 일 년에 한 번은 움직여야 하거든요. 일월이나, 아니면 유월에요. 그때 프랑스가 빅세일 기간이라서요. 명품 알바가 제법 남거든요."

원장이 윤미진을 보면서 허허허 웃었다. 그러고는 목소리를 낮춰 말했다.

"그야 융통성을 발휘하면 되잖아요. 현지 연수 기관 탐방이나 기숙사 확보를 위해 출장을 가면 되지요."

다음 주 월요일부터 제니는 정우 자리에 앉고, 윤미진은 제니의 업무를 맡게 될 것이다. 카톡 응대, 해외 송금을 비롯한 은행 잡무와 인터넷 홈페이지 관리, 상담 전화, 그리고 대행 업무 신청자들 공항 배웅까지, 끝도 없는 서비스 정신이 필요했다. 정우는 벽시계를 확인했다. 오후 네 시. 오늘 간식은 리가 쏘기로 했다. 너부죽한 리의 얼굴과 날카로운 두 눈은 보는 사람에게 적절한 신뢰감을 주었다. 재무 담당 정아 씨가 분식집에서 사 온 먹거리를 출입구 쪽 원형 탁자에 풀어 놓았다. 돼지 간과 내장을 섞은 순대와 삶은 달걀, 어묵, 떡볶이. 정우는 돼지 간 한 조각을 소금에 찍었다. 매운 음식 냄새가 사무실 안을 채우고 있었다.

"강 팀장, 나 좀 봅시다."

외출에서 돌아온 원장이 스웨이드 베레모를 벗으면서 말

했다.

정우는 이쑤시개를 내려놓고 정수기 쪽으로 갔다. 컵에 물을 받아 입을 헹궜다. 원장이 자리에서 일어나 손으로 상담실을 가리켰다. 정우는 상담실 소파에 원장과 마주 보고 앉았다. 원장은 다시 일어나 상담실의 문을 닫아걸었다.

"월급은 내일 중으로 입금될 거요. 그동안 수고 많았어요. 그런데 내 강 팀장한테 섭섭한 게 몇 가지 있어."

원장이 팔꿈치를 두 무릎 위에 올리려 두 손을 깍지 끼고는 상체를 앞으로 숙였다.

"나야, 유학원 일보다 임대 수입으로 재미를 보지만, 그래도 그렇지, 아니 그 파리에 있는 어학원에서 학생들 학비 중 삼십 퍼센트를 우리한테 떼어 준다고 했다는데, 그걸 왜 강 팀장 마음대로 학생들 학비 할인으로 돌렸어요?"

지난해 파리의 어학원 측에서 직접 이곳을 방문했을 때 그렇게 하기로 합의했던 사실을 원장은 잊어버린 모양이었다.

"전, 어학원의 학비가 너무 비싸서 신청자들 부담을 줄여 주려고 그랬습니다. 그리고 프랑스 유학 파트에서 부족한 수입은 미국 파트에서 보충하면 되지 않을까요?"

원장이 숙였던 몸을 젖혀 의자 깊숙이 등을 기댔다. 머리를 절레절레 흔들더니 말을 이었다.

"강 팀장의 선심이 유학원에 어떤 영향을 미치는지 몰라서 그래요? 오늘 모임에서 들었어. 파리 어학원에서 연수생들끼리 말이 나왔다고요. 여기서 신청한 학생들은 학비가 이랬는데 니들은 왜 그리 비싸게 왔냐. 그러니, 그쪽 애들이 본인들의 유학원에다 따지는 게 당연하지. 그리고 왜 사람들을 사설 어학원이 아닌 국립대 부속으로만 자꾸 보내요? 막말로, 사설 기관의 커미션이 있어야 직원들 보너스도 나가고, 고객을 위한 서비스도 개선할 것 아니오. 이월, 시월, 그리고 여름 겨울 단기 연수까지 일 년에 얼마나 들어왔는지 계산해 봐요. 그리고 지난번 이현조 씨 문제만 해도 그래. 누가 작정하고 인터넷에 올리기라도 했어 봐! 속된 말로 피 보는 게 누구겠어요? 이 바닥을 잘 알면서 그래요?"

말을 마친 원장이 엄지로 관자놀이를 꾹꾹 눌렀다.

"강 팀장, 혹시 다른 유학원으로 가는 거요?"

"아닙니다."

원장이 한 손을 들어 허공을 내저었다. 그만하자는 말이었다.

정우는 책상 맨 아래 서랍에서 반투명한 비닐 파우치를 들고 화장실로 갔다. 등 뒤에서 소변을 누는 남자가 가래침을 끌어올려 소변기에 뱉는 소리가 들렸다. 왜 어떤 남자들은 소변을 볼 때마다 가래침을 뱉는지 정우는 같은 남자이면서도 궁금했다. 정우는 세면대에 고개를 숙인 채 열심히 이를 닦았다. 그는 양치질을 끝낸 후 손가락을 입에 넣어 볼을 죽 당겼다. 어금니 쪽의 잇몸이 따가웠다. 그 자리가 붉게 충혈되어 있었다.

정우의 자리에 앉아 제니의 얘기를 듣고 있던 윤미진이 정우를 보자 자리에서 일어났다. 정우는 원형 테이블의 의자를 가져와 제니 옆에 놓았다.

"감사합니다."

윤미진이 정우에게 눈인사를 보냈다.

제니가 의자 바퀴를 굴려 윤미진 쪽으로 다가갔다. 외운 문장들이 달아나기 전에 모두 쏟아붓겠다는 듯이 떠들기 시작했다.

"상담 신청하는 사람들을 크게 서너 부류로 나눌 수 있어요. 첫 번째, 카톡만 끊임없이 보내는 사람. 이 사람들은 공짜로 알아볼 것 다 알아본 다음, 정보를 완벽히 입수해 유학원 수속비를 절약하겠다는 심보를 가진 사람들이에요. 결국은 유학원에 맡길 거면서 고생은 고생대로 하는 거죠. 온라인과 오프라인은 하늘과 땅 차이. 한마디로 엄연히 변수가 있다는 걸 몰라서 그러는 거죠. 그리고 두 번째, 최소한의 비용으로 최소한의 것들만 맡기려는 사람들이에요. 혼자 진행하다가 부딪치는 장벽, 숙소예요. 싸고 편리한 대학 기숙사를 원하는 거죠. 그런데 일개 외국인이 어떻게 숙소를 잡아요? 그래서 좀 얄밉긴 하지만, 학교에 연락해 방이 있으면 연결해 주고 끝내세요. 세 번째, 보호자들이 자녀들을 데리고 오는 경우예요. 이런 부모들은 나중에 모든 책임을 유학원에 돌리는 경우도 있으니 신중해야 해요."

윤미진이 코앞에 검지를 세우며 제니의 말을 중단시켰다.

"나중에 골치 아픈 것보단 미리 책임의 기간을 정해 두는 게 낫지 않나요? 말하자면, 인천공항을 떠나면서부터 발생하는 모든 문제는 신청자의 책임이다, 뭐, 이런 항목이랄까."

제니가 비음이 전혀 섞이지 않은 목소리로 또록또록 말했다.

"저기요, 내 말 자르지 마세요. 그거 제일 싫어하거든요."

그러고 나서 절차 대행 신청서 제출과 함께 유학원에 모두 맡기는 사람들에 관해 말했다. 추가로, 다른 유학원 관계자가 가끔 분위기를 파악하러 오는 경우에 대해서도 말했다. 제니는 실제로 본인이 유학원에서 시키지도 않았는데 이따금 변장하고 그런 짓을 하고 다녔다. 프랑스에 한 번도 가 본 적이 없는 제니였다. 그러나 프랑스에 대해 어느 전문가보다 더 많은 상식을 가지고 있는 그녀였다.

서랍 속 물건을 정리하면서 정우는 속으로 제니의 말에 한 가지의 경우를 추가해 보았다. 현재는 유학할 엄두를 못 내지만 나중을 위해 이곳에 들르는 사람들. 허기진 배를 채우듯 온갖 팸플릿과 인쇄물을 자세히 보지도 않고 챙겨 가는 사람들. 강퍅한 현실을 견디려면 꿈이 필요한 법이다. 다음 주 금요일 사무실에 한 번 더 오기로 하고 인사를 나눴다. 리가 손으로 한잔 꺾는 시늉을 했다. 정우는 리와 악수만 하고 돌아섰다. 정우는 모처럼 엘리베이터를 기다리려고 복도에 오래 머물렀다.

22

혜람아,

면사포 한 올을 뜯어 당기면 후루룩 풀어지듯 꽃잎이 진다.

네가 보고 싶어. 너무 보고 싶어 유리창을 닦았어. 혼자 그때

처럼 웃었어.

우리 둘이 마주하고 유리창을 닦으며 깔깔대던 그날도 오늘처

럼 눈부셨더랬지.

그때 우리는 많은 것을 약속했었지?

새끼손가락을 걸지 않아서였을까.

네가 한국을 떠난 후 난 혼자가 된 기분이었어. 너와 함께하던

시간과 공간은 허물어지는데, 너와 떨어져 있는 시간을 버티기 위해 이곳에서의 일상에 최선을 다했어.

그 사람과 난, 어느 지점까지만 서로를 욕망해. 이런 말에 대한 반감은 없어.

식당에서 삼겹살 삼 인분을 거뜬히 먹어 치우고 나서야 난 내 몸에 이상이 있다는 걸 알았어.

병원 침대에 누워 의사의 옆얼굴만 뚫어지게 쳐다봤어. 도저히 모니터를 볼 수 없었어. 그런데 의사는 굳이 아이의 심장을 가리키며 박동 소리를 들려주는 거야. 나는 화난 사람처럼 눈을 부릅뜨고 벽을 쳐다봤어. 내가 아이를 갖는다는 건 도무지 믿기지 않는 일이고 일어나서도 안 될 일이야.

태아에게도 영혼이 존재할까?

그렇다면 언제부터 영혼이 깃드는 것일까? 종교적 개념을 제외하면 정답은 없지. 난 망설임 없이 결정을 내렸어. 의사에게 내가 원하는 바를 분명하게 말했어.

의사의 눈이 잠깐 휘둥그레졌다가 금세 무표정한 얼굴로 돌아왔어. 그러고는 낙태의 위험성에 관해 얘기했어. 낙태 후 트라우마 스트레스 증후군이 퍼져 있다고, 하지만 낙태 시술 여부와 임신중독증 같은 잠재적 유해성은 연구 자료에 의하면 반드시 일치하진 않는다고 말해 주었어.

출산 관련 사망 위험이 낙태 관련 사망 위험보다 열 배가 넘는다는 연구 보고서를 읽은 적이 있어. 출산 총사망률이 낙태 총사망률을 넘어선 것도 사실이고. 낙태하지 않는 것이 낙태하는 것보다 더 위험하다는 주장이었지.

그런데, 난 내게 일어난 상황을 좀 더 구체적으로 느끼기 시작했어. 또 하나의 섬이 생긴 거란 말인가. 그 후로 난 일정한 박자에 대한 강박 같은 게 생겼어. 마치 시간을 거슬러 내가 태아로 돌아가는 기분이었어.

하나를 얻으려면 하나를 놓아야 한다는 말이 있잖아. 난 무엇을 얻기 위해 이 결정을 내리게 된 걸까. 아이의 세포마다 새겨질 내 기질과 취향과 성격의 장단점과 과오까지, 좀 더 잘 살아야 하는 게 아닌지 돌아보게 되더라.

눈 뜨면 아침이고 돌아서면 저녁이야.

마음속의 우리는 그대로인데 시간은 구름의 속도로 흐르고 있어.

집으로 들어가는 길에 꽃집에 들렀어. 내가 나에게 꽃을 선물하고 싶었거든. 하지만 집었던 꽃을 내려놓고 좀 더 오래 볼 수 있는 화분을 샀어. 필레아 페페로미오이데스(Pilea

Peperomioides). 초보 식물 집사에게 안성맞춤이라고 했어.

별안간 몇 년 동안 보지 못한 엄마 얼굴이 떠올랐어.

23

기차는 낮 열두 시가 다 되어 역에 도착했다. 혜람은 잠든 디디에의 어깨를 살짝 흔들어 깨웠다. 청량리에서 무궁화호 첫차를 탄 것은 순전히 디디에의 요구 때문이었다. 천천히 급하지 않게 기차에서 산과 바다를 구경하고 싶다는 그의 열망이 컸다.

오후 두 시가 되려면 아직 여유가 있었다. 디디에의 이모는 어제 통화에서 시 외곽에 있는 농장에 다녀온다고 말했다. 전화를 끊기 전 잠깐 머뭇거리다가 어쨌든 내일 보자고 말하더니 먼저 전화를 딸깍 끊었다.

약속 장소인 슬구포로 가려고 택시 승차장으로 향하는데 디디에의 이모에게서 전화가 왔다. 이모는 지금 본인이 와 있는 곳이 시골이라고 했는데 그 시골이 어디쯤을 말하는지 몰라 거기서 여기까지 오는 데 얼마나 걸리는지 따져 볼 수 없었다.

"근데, 꼭 만나야 합니꺼?"

디디에의 이모가 말했다.

"네? ……아."

혜람은 이모의 말이 무슨 뜻인지 헤아리지 못해 잠시 우물거렸다. 이모는 한숨을 폭 내쉬고는 약속을 저녁 일곱 시로 늦추자고 했다. 그러고 나서는 약속 장소를 집으로 변경했다. 주소를 상세히 알려 주었는데 해안가에 인접한 아파트 같았다. 디디에게 통화 내용을 전하자 그는 별말 없이 고개를 끄덕거렸다. 그러더니 별안간 송주사를 아느냐고 혜람에게 물었다. 혜람은 들어 보긴 했지만 한 번도 가 본 적은 없다고 말했다. 한국을 방문한 외국인들이 그러듯이 디디에도 한국의 산사에 관심이 많았다. 혜람은 구글 지도 앱을 켜서 송주사의 위치를 파악했다. 앱은 삼십 분이 채 걸리지 않는다고 안내했다. 혜람은 별안간 허기가 몰려와 어디에라도 털썩 주저앉고 싶었다.

택시는 송주사와 가장 가까운 한식당 앞에서 멈췄다. 시내가 내려다보이는 한적한 언덕에 자리한 한옥 건물이었다. 마당에는 다양한 종류의 관목이 나름의 간격을 유지하며 푸르게 자라 있었다. 주된 메뉴가 헛제삿밥인데, 점심때가 지나서인지 식당 안에는 손님이 두 명밖에 없었다. 중년 커플로 부부 같아 보이지는 않았다. 남자가 대여섯 살은 어려 보였다. 그들은 눈빛만으로도 대화할 수 있는지 음식을 입에 넣은 채 서로를 쳐다보고, 작게 말하고, 고개를 끄덕이고는 이따금 소리 내어 크게 웃었다.

혜람은 주문한 맥주가 나오자 디디에의 잔에 따랐다. 메뉴판에 인쇄된 헛제삿밥의 유래를 간단히 설명해 주었다.

"그렇지, 공부하면 허기가 져."

디디에가 말했다.

"허기져서 공부하기도 하잖아."

혜람이 말했다.

종업원이 와서 반찬과 요리를 순서대로 상에 깔았다.

"참, 셀린은?"

혜람은 디디에에게 묻고 싶었던 말을 겨우 꺼냈다.

"두 달쯤 됐나? 헤어졌다가 다시 만났어."

디디에가 히죽 웃었다.

"왜 다시 만났어?"

"그런 사람 없더라고."

혜람은 디디에의 눈을 보며 고개를 끄덕거렸다.

"셀린도 비슷한 마음 아닐까?"

"그래, 똑같은 말을 하더라."

가족으로 보이는 사람들이 식당으로 들어왔다. 어른과 아이들까지 시끌벅적했다. 대여섯 살로 보이는 꼬마가 벽에 기댄 채 발끝으로 장판을 밀어내고 있었다. 손에 날개가 셋 달린 부메랑을 들고 있었다. 디디에가 아이한테서 눈을 떼지 못했다. 빨간 테 안경을 쓴 여자가 아이의 맨 종아리를 손바닥으로 찰싹 때렸다.

"이기 뭐 이렇노? 니 이따 집에 가서 보자."

꼬마는 입을 씰룩거릴 뿐 그대로 버텼다.

"영호 아버지, 쟈 좀 봐, 또 비름빡에 코 박는다."

여자가 누군가에게 이르는 것처럼 출입문 쪽으로 고개를 돌려 말했다. 꼬마는 이젠 벽을 향해 돌아섰다. 디디에가 무슨 사정인지를 혜람에게 물었다.

"글쎄, 아직은 잘 모르겠는데."

뒤늦게 식당으로 들어온 남자가 자리에 앉더니 꼬마에게 말했다.

"더위 먹으면 어쩌려고? 너 자꾸 밖에 나간다, 그라지? 야가 고집이 얼마나 센지 몰라."

아이의 아버지 같았다. 혜람은 고집부리는 아이의 성질머리에 대해 농담했다. 디디에는 자기도 어릴 때 고집이 엄청났다며 꼬마를 바라보았다. 꼬마가 디디에와 눈을 마주치자 메롱, 하고 혀를 쪽 내밀었다. 헛제삿밥 때문일까? 포만감이 몰려오면서 어린 날의 자신은 영악했을지, 아니 천진했을지 생각해 보았다.

혜람은 택시를 불렀다. 지도로 보는 것과는 달리 걸어서 가기엔 먼 거리라고 식당 주인이 조언했다. 택시는 더 갈 수 없을 정도로 좁게 난 길의 끝까지 이른 후에 멈추었다. 거기서부터는 등산을 해야 했다. 매미 소리가 요란했다. 혜람은 정수리가 뜨거워 머리에 손수건을 얹고 걸었다. 길가에는 보라색 지칭개가 잔뜩 피어 있었다.

"이거 엉겅퀴네."

디디에가 프랑스에도 있는 꽃이라며 반가워했다. 지칭개와 엉겅퀴는 언뜻 보면 닮았지만 다른 식물이었다. 혜람은 굳이 꽃 이름을 정정하지 않았다.

"오래전 어느 화가는 민중의 불안정한 삶을 들꽃에 비유해 그림으로 그리기도 했어."

혜람의 얘기에 디디에가 고개를 끄덕였다.

"목련 알지? 정말 이삼일 만에 진다. 우주적 관점으로 보면 인간의 삶도 그렇겠지?"

"그런 생각 한 적 있어. 꽃은 며칠뿐이지만 그것만으로도 생명으로서의 존재 이유를 다 하잖아."

"계획 없이 사는 것도 나쁘지 않다고 생각해."

"그 또한 나쁠 게 없겠지."

"돈도 지나치게 많으면 무감각해지고, 예쁜 얼굴도 늘 보면 별거 아니잖아?"

"모자라고 결핍된 것 속에 아름다움이 숨어 있다는데."

디디에가 휴대전화로 꽃을 찍었다.

"우리 모두의 존재 자체가 그렇지 않을까?"

혜람이 말했다. 그녀는 잠시 뜸을 들이다가 다시 "왜냐하면 그 조건 속에서 최선을 다할 테니까"라고 말했다.

반 시간쯤 산을 탔을 때, 어디선가 악기 소리가 들려왔다. 북과 징, 날라리 소리가 어우러져 숲속에 퍼지고 있었다. 디디에가 그 소리에 맞춰 양팔을 벌린 채 발을 까닥거리며 빙글 빙글 돌았다. 그의 얼굴에 천진한 웃음이 번져 갔다.

악기 소리가 점점 가까이 들렸다. 이윽고 오르막이 끝나고 절집 지붕이 보였다. 일주문을 대신해 종루가 있었다. 마당 가장자리를 따라 낮은 담장이 둘러쳐 있었다. 그 너머로 시내가 내려다보였다. 대웅전을 끼고 오른쪽으로 돌아가니 명부전과 산신각이 들어앉아 있었다. 절벽에는 작은 석상들이 장식되어 있었다.

혜람은 디디에의 팔을 붙든 채 돌층계를 밟고서 대웅전으로 올라갔다. 유리창으로 법당 안이 훤히 들여다보였다. 불단이 놓인 안쪽 자리가 앞쪽보다 높았다. 그곳에는 배 모양의 조형물이 놓여 있고 스님 두 명이 앉아 악기를 연주하고 있었다. 북소리와 징 소리, 사람들이 같이 외우는 진언이 뒤섞여 제법 분위기가 장엄하게 느껴졌다. 고깔을 눌러쓴 두 사람이 장삼 자락을 휘날리며 챙 챙 챙, 바라춤을 추었다. 검정 옷을 입고 두 줄로 앉아 경전을 읽는 사람들의 표정이 어딘가 슬프고 고단해 보였다.

디디에는 법당 천장에 달린 흰 등에 관심을 보였다. 연등 밑에 태그처럼 달린 게 무엇이냐고 물었다. 혜람은 법당 한쪽에 앉아 기도를 신청받는 중년 여인에게 물어보았다. 그건 망자들의 이름이었다.

"돌아가신 분들의 왕생극락을 위해 하나 달고 가세요."

중년 여자가 디디에를 향해 말했다.

디디에는 잠시 고민하더니 이름표에 '쏠라'라고 적었다. 쏠라는 디디에가 키우던 반려견의 이름이었다.

디디에는 마당에서 밀짚모자를 쓴 스님과 영어로 얘기를 나누고 있었다. 마스크에 가려진 스님은 성별과 나이가 잘 구별되지 않았다. 내켜 하지 않는 혜람의 손목을 붙들고 디디에는 스님을 뒤쫓아 어딘가로 따라갔다.

미닫이문을 열자, 아무것도 걸려 있지 않은 벽이 덤벼들 듯이 한눈에 들어왔다. 눈부시게 텅 빈 벽은 언젠가 본 적이 있는 여백 같았다. 낮고 기다란 원목 다탁에 놓인 흰 다기들이 형광등 불빛을 받아 반짝거렸다. 혜람은 디디에와 나란히 다탁 앞에 놓인 방석에 앉았다.

스님은 전기 찻주전자로 물을 끓여 찻잔을 예열했다. 차시로 차를 떠 다관에 넣었다. 한소끔 더운 김이 빠진 물을 다관에 붓고는 또 기다렸다. 잘 우려진 차를 차례차례 반 잔이 되게 따르고는 되짚어 잔마다 나머지 양을 채워 나갔다. 스님이 찻잔을 먼저 디디에 앞으로 밀어 주었다. 차는 뜨겁고 쌉싸래했다.

스님은 출가 전 캐나다에서 유학했다고 했다. 살았던 곳이 퀘벡 주가 아니어서 프랑스어는 단어 몇 개만 아는 수준이었다.

"요즘 제 머릿속에 늘 머무는 생각이 있습니다. 마침 스님을 보니 여쭤 보고 싶은데, 괜찮을까요?"

"그럼요, 말씀해 보세요."

디디에가 찻잔을 내려놓고 스님 쪽으로 당겨 앉았다.

"우리 쏠라가 얼마 전 구름다리를 건넜습니다. 지금이라도 부르면 당장 달려올 것 같아요."

쏠라는 디디에가 오 년을 키운 몰티즈였다. 유기견 센터에서 처음 만났을 때, 꼬리를 감추고 웅크린 채 떨고 있었다. 센터 직원이 '점잖은 녀석'이라고 쏠라를 칭찬하면서 스트레스 때문인지 혈뇨를 본다고 중얼거렸다. 그 말을 들은 후 다시 쏠라를 보니 코가 바랜 것처럼 분홍색을 띠고 있었다. 디디에는 위급 상황으로 받아들였다. 그날 입양 절차를 밟은 후 곧장 동물병원에 들렀다. 혈뇨는 방광의 반을 차지하는 결석 때문이었다. 디디에는 수술을 마치고 마취에서 깨어나던 쏠라의 눈빛을 잊을 수가 없었다.

"슬픈 일이죠. 정말로 많이 슬프고 힘들 거예요. 가족이니까, 분신이나 마찬가지니까."

"마음이 너무 아픕니다."

"예, 아플 거예요. 아픔을 거부하지 마세요."

스님은 눈에 눈물이 그렁한 디디에를 바라보았다.

"슬픈 게 당연하지요. 충분히 슬퍼하며 애도의 시간을 잘 보내야 합니다. 거부하지 않는다면 슬픔의 무게가 조금은 달라질 거예요. 그리고 그러한 인연이 내게 온 건 분명 배워야 할 게 있어서 온 것이니 그 아픈 시간을 귀하게 잘 보내야 합니다."

"너무 보고 싶어요."

"에휴, 그리운 그 마음 충분히 공감합니다."

"언젠가는 다시 만날 수 있을까요, 스님?"

디디에의 목소리가 꽉 잠겼다.

"그럼요, 만나면 헤어지고 헤어지면 다시 만나는 것이 우주의 이치입니다. 그리고 못 알아들을 수도 있겠지만, 진실을 얘기해 보면, 사실 당신이 알고 있는 쏠라는 쏠라가 아니에요. 내가 알고 있는 나도 사실은 진짜 내가 아니랍니다. 모든 존재의 참모습은 둘이 아니기에 나의 참모습인 그 하나의 근원을 확인하면 쏠라의 참모습도 비로소 만나게 되는 것입니다."

"사람으로 태어나 다시 만나면 좋겠어요."

"그런 얘기가 있어요. 사람으로 태어날 수 있는 가장 유력한 동물이 흰 개라고요. 가족으로 올 확률이 높습니다."

"쏠라를 위해 기도를 올리면 어떨까요?"

스님은 잠시 침묵한 뒤 물었다.

"쏠라를 정말 만나고 싶어요?"

디디에가 스님을 빤히 바라보며 "네"라고 말했다.

"돌아가신 부모님이든 배우자든 친구든 또는 먼저 죽은 자식이든 다시 만날 수 있는 방법이 있어요. 바로 마음공부를 하는 거예요. 마음공부를 통해 우리의 근원이 무엇인지, 진짜 내가 누구인지를 스스로 확인해야 해요. 그래서 모든 '나'라는 파도, '엄마'라는 파도, '친구'라는 파도, '배우자'라는 파도 등 수많은 파도가 있고, 그 모든 파도는 제각기 다른 모습을 하고 있지만 사실은 그 모든 파도 하나하나가 다 바다이지요. 그런데 파도로서의 나만을 알고, 파도로서의 쏠라만 알고 있으면 파도가 변하고 사라졌을 때 몹시 괴롭습니다. 바다인 나, 바다인 쏠라를 알아야 해요. 그것을 깨달아야 해요. 그랬을 때 비로소 진정한 나와 쏠라를 마주하게 됩니다."

"무슨 말인지 어렵지만 뭔지 모르게 위로가 돼요. 그리고 저 쏠라를 위해 등을 달았어요."

"잘하셨습니다."

스님은 자신의 본성을 확인하면 그때 진정으로 보고 싶은 쏠라를 만나게 될 거라고 말했다.

"파도인 쏠라만을 찾으려 하지 마세요."

디디에는 다리가 저려 무릎을 세우고 앉았다. 혜람도 바닥이 불편하긴 마찬가지였다. 스님은 이 도시에서 열리는 문화 행사를 소개한 리플릿을 챙겨 주었다. 다양한 축제 일정이 나열되어 있었다.

디디에가 크로스백에서 봉투를 꺼냈다. 봉투 안에는 길이 조절이 가능한 줄에 붉은색 펜던트를 단 목걸이가 들어 있었다. 붉은 실로 짠 펜던트는 손때가 묻고 납작해져 낡은 오마모리와 비슷했다.

"이 안에 글귀가 적혀 있는데, 무슨 뜻인지 모르겠어."

혜람은 목걸이와 함께 디디에의 말을 스님에게 전했다. 한쪽이 뜯긴 펜던트 속에서 꼬깃꼬깃하게 접힌 종이를 빼냈다. 스님은 종이를 건네받아 조심스레 펼쳤다.

"이건 우파니샤드에 나오는 이야기네요."

스님이 종이에 눈을 둔 채 말했다.

"저마다 동서로 흐르는 강에 관한 이야기입니다."

디디에가 고개를 갸웃했다.

"세상의 생명체들은 바다에서 생겨났다가 바다로 돌아간다는 얘기지요. 그런데 이건 누구의 손 글씨일까요?"

스님이 디디에를 쳐다보았다. 그는 대답하는 대신 스님의 눈을 피해 천장을 올려다보았다. 형광등을 씌운 사각 커버 한 쪽이 제대로 고정되지 않아 틈이 보였다.

"이렇게 우리가 만나 차를 마시고, 붓다의 말씀을 나누는 것이 우파니샤드입니다."

디디에는 말없이 고개를 끄덕거렸다.

"프랑스 친구는 명상을 하세요?"

스님의 물음에 디디에가 빙긋 웃었다. 사마타 수행을 한 적이 있지만 명상에 대해 잘 모른다고 말했다.

"사마타가 바로 명상입니다. 사마타는 멈춤을 뜻하는데 대상에 대한 해석, 판단, 분별을 내려놓는 것이지요. 그게 멈춤이에요. 지나친 분별은 좋고 싫음이라는 양변을 만들어 내고, 그것이 모든 고통의 원인이 됩니다. 명상은 해석과 판단을 멈추고 다만 그저 깊이 바라봄이에요. 모든 것은 깊이 바라볼 때 투명하게 빛나고, 바다인 그 진실이 드러납니다. 이것이 바다임을 확인하는, 길 없는 길, 마음공부입니다."

스님은 디디에의 눈을 들여다보며 투명한 마음을 오래오래 간직하라고 당부했다.

"프랑스 친구분은 나와 남이 다르지 않다는 불이중도(不二中道)의 불교적 이해를 알게 모르게 실천하고 있어요. 사실 삶은 이대로 완전해요."

말을 마친 스님은 앉은 채로 합장했다.

다각실에서 나와 돌담 앞에서 사진을 찍는데 아까 식당에서 본 중년 커플이 법당에서 나오고 있었다. 여자가 남자의 발에 신발을 꿰어 주었다. 둘이 팔짱을 끼고 마당으로 내려오는데 남자가 한쪽 다리를 약간 절었다. 여자가 혜람에게 사진을 찍어 줄 수 있느냐고 물었다. 혜람은 고개를 끄덕였다.

"둘째야, 우리 마스크 벗고 저기 꽃밭에서 찍을까?"

마스크를 벗은 여자가 환히 웃으며 양해를 구하고는 법당 계단 옆 흐드러지게 핀 불두화 쪽으로 자리를 옮겼다. 여자의 이목구비가 시원하고 세련되어 보였다. 혜람은 여자의 휴대전화를 디디에게 건넸다.

"이 사람 사진가예요."

혜람이 말하자 두 사람이 고맙다며 인사를 했다. 여자는 사진을 찍은 후, 원한다면 시내까지 자동차로 태워 주겠다고 말했다.

시내에서 송주사로 오는 방법은 두 가지가 있었다. 등산을 하거나, 자동차로 사찰의 일주문까지 오거나. 나갈 때도 마찬가지였다. 어느 쪽을 선택해도 송주사에서 시내로 가는 길은 마음이 놓이는 것 같은 기분이 들었다.

디디에는 "이모가 사는 동네로 미리 가자"라고 했다. 혜람은 산 아래 도로가 보이는 곳에서 디디에와 함께 차에서 내렸다. 아직 시간이 넉넉해 버스를 타고 슬구포로 향했다. 얼마 가지 않아 강줄기가 눈에 띄었다. 강을 따라 수만 그루의 대나무가 심겨 있었다. 대나무 숲을 산책하는 사람들의 모습이 언뜻 보였다. 여름 축제가 한창인지 강변에는 야외무대가 설치되어 있었다. 강가에 조성되어 규모와 짜임새가 느껴지는 정원을 당장이라도 걷고 싶었다. 어느새 강물은 바다와 하나가 되어 더 넓은 세계로 흘러가고 있었다.

김섬이 태어나 자란 곳.

슬구포의 바다에선 비린내가 나지 않았다. 호수처럼 잔잔한 바다 너머에는 공장 지대가 형성되어 굴뚝에서 쉴 새 없이 연기가 솟구쳤다. 어딘가 생산적인 분위기였다. 휴가철이어서인지 가족 단위의 사람들이 종종 보였다. 혜람은 해변을 따라 천천히 걸어갔다. 디디에는 계속 카메라 셔터를 눌렀다.

서쪽으로 올라가자 작은 갤러리가 나타났다. 건물 외벽에 '문학과 시각예술의 컬래버'라고 적힌 플래카드가 걸려 있었다. 디디에는 전시에 흥미를 보였다.

실내에는 다섯 팀의 작업이 공간을 나누어 전시되고 있었다. 기억과 재생이라는 주제로 낡은 건물과 공간에 누적된 삶의 경험을 교차해 보여 주는 디지털 콜라주 작업과 문학 작가와 시각 작가의 같은 듯 다른 시선으로 본 그림일기, 감정 도식과 일상에서 희생되는 여성들의 이야기, 세계를 구성하는 물질의 가치 등을 연구한 작업도 있었다.

디디에는 싱잉볼을 활용한 명상과 검정 잉크를 한 방울씩 석고상에 떨어뜨려 얼룩을 만들며 현재라는 시간에 앉아 보는 작업에 흥미를 보였다. 카펫 위에 작은 스투파처럼 놓여 있는 석고상이 보였다. 그 꼭지에 검은 잉크가 링거액처럼 한 방울씩 떨어져 내렸다. 현재라는 시간이 매 순간 다르게 번져 갔다. 벽에 '5분 명상하기'라는 안내문이 붙어 있었다.

혜람은 디디에가 눈을 감고 명상을 시작했을 때 싱잉볼을 쳐 주었다. 그는 엉덩이에 방석 두 개를 받치고 앉아 다리에 무리가 가지 않게 조절했다. 혜람은 다리를 쭉 펴고 앉아 전시 도록을 훑어보았다.

'십 년 전의 당신과 십 년 후의 당신, 그 사이에 흐르는 바로 지금, 여기!'

이 전시의 슬로건이었다. 그 아래 문학 작가의 작업일지가 적혀 있었다.

"흰 석고 덩어리의 내부에서 터져 나오는 슬픔을 어루만질 것이다. 검은 액체. 실제에 대한 도발적인 표현 같았다. 오래 묵힌 속내가 진물처럼 흘러내리고, 검정은 형태를 만들며 경계를 지웠다. '경계는 없다'라는 궁극의 해답에 이르렀으나 잠깐이었다. 경계에 대한 구상 중, 뜻밖에 '시간'이 덤벼들었다. 잘 기억나지 않는 어제와 불안한 내일. 지금 하는 작업과 마음 밑바닥에 들끓는 감정의 실체! 명상이 필요한 지점이었다.

명상이란 매 순간 지금 여기로 돌아오는 연습이다. 너무 가까이 있는 '현재'를 무심코 발견하는 것. 지금 여기, '현재'는 무한히 생성되며, 또는 생성된다고 느끼며 문신 같은 흔적을 탑에 남기고 과거로 소멸한다. 당신은 순간순간 달라지는 탑 앞에 앉아 두 눈을 감고 현재를 체험한다. 대상이 되는 모든 것은 오고 가고 일어났다가 사라지지만 그 모든 것은 모두 똑같이 '현재'라는 배경에 즉(卽)해 있다. 싱잉볼의 소리와 파장도 일었다 사라지지만 그 과정 가운데 당신의 에너지와 작용하며 당신의 뭉친 슬픔을 어루만지고 본래의 침묵으로 돌아갈 것이다."

오 분이 지나자 혜람은 명상의 종료를 알리는 싱잉볼을 쳤다.

미술관 직원의 추천으로 걸어서 삼 분 거리에 있는 문화창고로 갔다. 삼, 사 층에는 갤러리가 있었고 육 층에는 카페가 있었다. 혜람은 디디에와 함께 전시를 본 후 카페로 올라갔다. 서쪽 바다가 통창에 들어찼다. 작고 하얀 보트들이 비좁게 모여 있는 풍경은 지중해 항구 도시를 떠올리게 했다.

"내가 요즘 읽는 책이야."

컵에 담긴 냉커피가 바닥을 드러낼 즈음, 디디에는 혜람에게 책 한 권을 건넸다. 표지에는 '양식화된 세계'라는 제목 아래 고흐의 〈별이 빛나는 밤〉이 인쇄되어 있었다.

"뒤늦게 추가로 발견한 고흐의 편지와 자료를 가지고 그의 작품에서 자연과학의 기초 원리를 설명하는 책이야. 네가 읽어도 좋을 것 같아. 물론 고흐는 이미 클리셰가 됐지만."

디디에의 눈에서 책에 대한 애정이 읽혔다. 혜람은 책날개에 적힌 소개 글을 읽어 내려갔다.

"〈별이 빛나는 밤〉을 그린 그 시간의 생 레미 드 프로방스 하늘에 나타난 천체의 위치를 산정할 수 있다. 그 당시의 천체 구조와 날짜, 구체적인 시간까지 찾아볼 수 있다. 이 시각은 1889년 5월 25일, 새벽 4시 40분이다. 화가가 그린 밤하늘과 일치하는 천체의 형상이 나타나는 순간. 초승달과 지평선 위에 떠 있는 금성, 키 큰 사이프러스, 그 좌우에 두 개씩 떠 있는 별."

고흐는 카미유 플라마리옹이 창간한 천문학 잡지의 애독
자였다고 디디에가 말했다. 이 잡지는 1870년대에서 1880년
대까지 천공에 나타난 기묘한 현상들을 소개했다. 우리가 성
운이라고 일컫는 것들, 엄밀히 말하면 별이 아닌 것들을 촬영
한 천체 사진도 실렸었다.

"별이 아닌 것들?"

혜람이 고개를 갸웃했다.

"쿼크(quark)보다 미세한 입자들. 그것들이 모여 차가운 우
주 한복판에서 거대한 회오리를 만들어. 아직 고체화되지 않
은 우주의 피톨들인 셈이지."

"가스 아닌가?"

혜람이 시큰둥하게 말했다. 그것보다 디디에가 왜 고흐에
게 관심을 두게 됐는지 그 동기가 궁금했다.

"어리숙한 천재 같다고나 할까. 한편 그의 이야기도 클리
셰의 행렬이잖아."

"클리셰의 힘, 그런 걸 믿는다는 거야?"

"어쩌면 내 출생부터가 클리셰잖아."

디디에가 날카로운 눈빛으로 혜람을 보았다.

"우리 모두의 출생이 클리셰 아닐까?"

혜람은 자신의 말이 진심이라고 생각했다.

"한국에 온 이후에 작은 변화가 생겼어."

"어떤 변화?"

"좀 즉흥적으로 행동하고, 자꾸 허기가 지네."

"그동안 너무 빡빡하게 살아서 그런 게 아닐까? 내가 보기에 넌 성숙하고, 신중하고, 식단까지 신경 쓰면서 잘 살잖아."

"잘 사는 사람은 너잖아. 사찰 근처에서 일해서 그런가, 마음이 여유로운 것 같아."

"넌 손이 덜 가는 화초 같아. 그냥 두어도 혼자 잘 크고 줄기도 굵어지는 그런 화초."

"자신이 어떤 사람이라고 어떠해야 한다고 단정 짓는 것도 별로야."

"그래, 우리는 어쩌면 각자 다른 별이 빛나는 밤을 사는 고흐들일지도 모르지. 이런들 어떻고 저런들 어떻겠어."

디디에의 이모 집은 해안가에 있는 아파트였다. 혜람은 엘리베이터를 타서 16이라는 버튼을 눌렀다.

얼굴이 둥그런 초로의 여인이 현관문을 열고서 디디에와 혜람을 번갈아 보았다. 외까풀의 눈매가 디디에와 흡사했다. 자신이 통화를 한 디디에의 이모라고 했다.

"이 사람이 별입니꺼?"

이모가 디디에를 보며 말했다. 디디에는 인사도 하지 않고 한발 물러서서 이모를 바라보았다. 이모는 눈을 깜박거리며 디디에를 쓱 훑어보았다.

거실에는 이미 상이 차려져 있었다. 불고기와 튀김류와 생선구이와 갖가지 반찬들이 상에 올라와 있었다. 혜람은 디디에와 마주 보고 앉았다. 이모가 오이냉국을 내놓고는 부엌으로 들어갔다. 디디에는 자신의 활달함을 접어놓고, 소심한 아이의 눈빛을 하고 실내를 두리번거렸다. 벽에 걸린 가족사진에는 이모와 그의 사촌인 듯한 사람들이 닮은 표정으로 웃고 있었다. 묵묵히 밥을 먹던 디디에가 말했다.

"이모는?"

혜람은 부엌으로 가서 이모에게 같이 식사하자고 말했다. 이모가 강하게 손사래를 쳤다. 부엌에서 나오는 걸 극구 마다했다.

"이럴 바엔 우리끼리 식당에 갈 걸 그랬어."

디디에가 중얼거렸다.

잠시 후 이모가 시골 농장에서 직접 가져온 거라며 수박을 내왔다.

"근데 별이 머리가 원래 곱슬머리입니꺼?"

이모가 디디에의 얼굴을 찬찬히 뜯어보았다.

혜람이 이모의 말을 재차 반복해서 묻자, 디디에는 파마했다며 멋쩍게 웃었다. 그가 고개를 숙였는데 언뜻 목덜미에 새긴 문신이 보였다. 좀 더 가까이 가서 보았더니 다윗의 별이었다.

"언제 했어?"

혜람이 손으로 목덜미를 가리켰다.

"열여섯."

디디에가 수박을 베물고는 눈으로 웃었다.

이모는 디디에의 직업을 궁금해했다. 사진작가라고 하자 이모가 소리 내어 웃었다.

"아, 정민이도 그림을 그렸었는데. 예술가 피는 못 속이네. 허허허."

이모의 웃음소리가 길게 이어졌다. 그새 눈가에 맺힌 눈물을 손등으로 찍어 내더니 디디에를 가만히 바라보았다.

"고생이 참 많았지?" 이모가 낮게 중얼거렸다.

디디에의 어머니 이름이 정민이냐고 혜람이 물었다. 이모가 '권정민'이라고 또박또박 말했다. 디디에는 어머니의 성이 권 씨라는 것만 알고 있었다. 이름을 자꾸 잊어버린다고 했다. 그러고는 어머니의 이름이 무슨 뜻인지를 물었다. 이모가 잠깐 생각하고 말했다.

"맑을 정에 하늘 민. 맑은 하늘이라는 뜻입니더."

디디에가 그 말을 듣고 싱긋 웃었다.

"내가 태어난 집이 어딘지 궁금한데?"

디디에가 혜람을 돌아보며 말했다. 혜람이 그의 말을 통역하자 이모는 손을 들어 어딘가를 가리켰다.

"저기, 논불길이라고 있다. 집이 있던 그 자리에 지금은 도로가 생겼지."

디디에는 자신의 생일이 맞는지도 알고 싶어 했다.

"그건 안 잊아뿐다. 상업 포경 금지령이 내렸던 해였지. 연말에 태어났거등. 크리스마스 다음 날이었제."

디디에가 고개를 끄덕거렸다. 이모가 어린 시절 기억이 남았느냐고 묻자, 보육원에서 형들한테 맞아 얼굴에서 피가 났던 기억과 몇 종류의 과자가 기억난다고 말했다.

"너그 엄마는 너를 키우려고 했지만, 할아버지가 용납 안 하셨다. 딱 낳는 데까지만 허락하셨지. 우리 집안이 가톨릭이니까 아이를 함부로 지우지도 못하고. 네 얼굴 볼 때마다 그 일이 생각날 건데. 근데, 어데까지 말해야 하노."

이모가 혜람을 돌아보았다. 혜람은 조금 전에 한 말이 무슨 뜻인지를 물어보았다. 이모는 입술을 달싹거릴 뿐 끝내 자

세히 알려 주지 않았다. 혜람은 디디에의 어머니가 어디 있는
지, 지금 만날 수 있는지 물어보았다. 혹시 다른 가정을 꾸려
디디에를 보는 게 부담스럽냐고 물어보았다. 이모가 고개를
저었다.

"다음에는 만날 수 있지 싶네요."

이모가 무릎걸음으로 디디에에게 다가가더니 손을 맞잡
았다.

"이리 다 컸네? 우리 별이. 어디에 있든 건강하자. 건강하
면 또 만난다."

이모가 디디에의 왼뺨에 난 상처를 쓰다듬었다. 디디에가
환하게 잇몸을 드러내고 웃었다. 디디에는 이모의 손을 꼭 잡
았다. 이모는 부엌에서 분홍 보자기에 싼 물건을 들고 나왔
다. 대바구니에 담긴 유과였다.

"거기 부모님께 드리라."

디디에는 이모의 뜻을 이해했는지 고개를 끄덕거렸다. 내
년에 다시 오겠다고, 그때는 다른 가족도 만나고 싶다고 말했
다. 현관문을 나서려다 말고 디디에는 이모와 사진을 찍을 수
있는지 조심스레 물었다. 이모는 디디에와 나란히 소파에 앉
았다.

거리는 어둑했다. 바다를 향해 나 있는 벤치에 앉아 검푸른 물결이 뒤척이는 것을 내려다보았다. 정박해 있는 선박에서 불빛이 흘러내려 수면에 되비쳤다. 디디에는 카메라에 담은 사진을 혜람에게 보여 주었다. 사진 하나하나에서 신중하게 구도를 잡은 흔적이 보였다. 화면에 누군가 엎드린 사진이 보였는데 곱사등이처럼 척추가 심하게 솟아 있었다. 다시 보니, 혜람 자신이 체적을 한껏 좁혀 웅크린 뒤 법당 바닥에 이마를 붙이고 절을 하는 중이었다.

미적지근한 바람이 불어와 낮보다 한결 시원했다. 한가로이 해안을 산책하는 사람들, 소리를 지르며 달려가는 아이들, 자전거 도로 위로 비슷한 디자인의 사이클링 웨어를 착용한 라이더들이 빠른 속도로 지나갔다.

"모든 건 변하기 마련이고, 순간순간 변하고 있다. 눈에 보이는 물리적인 모습은 달라지기도 하지만 오래전부터 이어져 온 당신의 근본 에너지는 계속될 것이다."

디디에는 스님의 말을 오래 기억하고 싶어 했다. 쏠라의 죽음을 털어놓고 울어 버렸을 때, 소멸이란 절대 없고, 그렇기에 시작과 끝을 정한다는 건 어리석은 짓이라는 스님의 말을 오래도록 기억하려고 했다.

"의도된 안식 같은 거죠. 굳이 끝이라고 단정 짓기보다는 새로운 시작, 삶의 끝은 죽음이고 죽음의 끝은 삶이니까요."

삶과 죽음이 돌고 도는 순환이라고 스님은 말했다. 실제 모습은 사라져 만질 수 없어도 여전히 우리는 함께하고 있다는 스님의 말은 손에 닿은 물기처럼 현실적인 감각을 동반했다.

디디에는 조리개와 셔터 속도를 조절하며 저녁 풍경을 찍었다.

혜람은 낮에 읽었던 한 문장을 떠올렸다.

"우리가 성운이라고 일컫는 것들, 엄밀히 말하자면 별이 아닌 것들. 단지 가깝게 있거나 멀리 떨어져 있다는 차이만 있을 뿐, 별이 아닌 그 하나하나가 한데 어울려 마침내 성운이라 불리며 장관을 이룬다"라는 문장을 오래 기억하고 싶었다.

"이거 가져가는 게 좋겠어?"

디디에가 한과를 가리키며 혜람에게 물었다. 혜람은 한과의 부피가 커서 이동하는 데 성가실 것 같다고 말했다.

"수화물로 부칠 수도 없잖아?"

디디에가 고개를 끄덕거렸다.

"이번에 다른 가족을 못 봐서 섭섭하지?"

혜람의 말에 디디에가 묘한 표정을 짓더니 고개를 저었다.

디디에와 혜람은 길고양이처럼 느적느적 해변을 걸었다. 박쥐들이 어둠 속을 날아다녔다. 창문마다 환한 불빛들이 피

어나고 있었다. 어느 식당에서 새어 나온 강한 향신료 냄새가
바람을 타고 흘러 다녔다.

24

멀리 가시 수평선이 보였다. 해안을 따라 들어선 공장 지대의 굴뚝에서 솟아나는 연기와 정박해 있는 배를 보자 김섬은 집으로 돌아왔다고 실감했다. 편안함이나 안도감 같은 특별한 소회가 느껴지지는 않았다. 그저 오랜만에 엄마가 보고 싶어 돌아왔을 뿐이었다.

비린내가 나지 않는 바다, 피난항이라는 이름에 알맞게 잔물결이 일렁이는 슬구포는 예나 지금이나 공기가 탁했다.

김섬은 택시에서 내려 주변을 잠시 둘러보았다. 잡화점, 편의점, 중급 체인 호텔과 복지문화센터, 재단장한 단층 건물의 가게들. 길은 육지와 바다의 경계처럼 포구의 동서로 길게 이어져 있었다. 도로변에는 빈틈없이 차들이 주차되어 있었고 도로 안쪽에는 집들이 모여 있었다. 해변 쪽에 줄지어 있는, 오래전 폐업한 상태를 유지하며 보상만을 기다리는 낮은 건물들도 예전 그대로였다.

시간이 멈춘 듯 십 년 전의 모습 그대로 자리를 지키고 있는 가게들. 외벽에 내건 회전등이 무한 반복해서 돌고 있는 동네의 유일한 미장원인 '윤 헤어살롱'도 개중 하나였다. 김섬은 행여 동네 사람과 마주칠까 봐 고개를 숙인 채 미장원을 끼고 돌아 좁은 골목길로 들어섰다. 막다른 골목 끝에 은색 스테인리스 대문이 보였다.

영일일사. 대문에 장착된 디지털 잠금장치에 비밀번호를 입력했다. 번호가 틀렸다는 경고음이 삑삑거렸다. 김섬은 엄마에게 전화를 걸었다.

"왔니?"

엄마의 목소리가 휴대전화 너머에서 경쾌하게 튀어 올랐다. 김섬은 비밀번호를 물어보았다. 엄마가 알려준 번호 네 자리는 김섬의 생일도 엄마의 생일도 아니었다. 짐작 가는 바가 있었으나 김섬은 묻지 않았다. 마침내 문이 열렸다. 대문 안과 밖의 풍경은 다른 세상 같았다. 집 안은 아늑하고 친밀

한 빛으로 환했다.

"짐 내려놓고 카페로 와."

주변에서 어서 오라며 왁자하게 참견하는 소리가 전화기를 타고 들려왔다. 카페가 어딨는지 엄마가 전화로 알려 준 적이 있었다. 그곳은 협동조합 마을 카페로 노년층인 회원 여덟 명이 요일별로 돌아가며 카페를 맡는다고 했다. 하지만 꼭 당번이 아니더라도 오고 가며 서로 일손을 거드는 모양이었다.

작은 마당을 갖춘 기역 자 형태의 집에서 김섬은 대학 입학 전까지 살았다. 열여섯 살이 되던 해에 아버지를 잃었다. 그때 장례식에서 아버지의 또 다른 여자를 만났다. 작은 체구에 깨끗하고 밝은 피부. 말이 없던 그 여자는 엄마보다 네 살이 많았는데 외모는 훨씬 젊어 보였다. 아버지가 자주 집을 비우고 출항했던 바다는 그 여자의 품이었다. 여자는 엄마를 꼬박꼬박 형님이라고 불렀다. 그 여자에게는 건우라는 아들이 있었는데 김섬보다 한 살이 어렸다. 아버지가 떠난 후 여자는 아들을 데리고 슬구포로 들어와서 건우가 대학에 들어갈 때까지 엄마와 자매처럼 지냈었다.

건우 엄마는 엄마가 서둘러 재가하기를 바랐다. 엄마와 눈이 맞은 사람은 아버지를 형님이라고 부르던 김 포수, 동호 아저씨였다. 그는 김섬이 태어나기 훨씬 전인 어린 나이부터 고래잡이배를 탔다고 했다. 어릴 적 김섬은 그를 삼촌이라 불렀고 그도 김섬을 아꼈다. 가끔 배를 타고 해외를 다녀오면 김섬에게 한국에서 볼 수 없는 희귀한 물건들을 사다 주곤 했었다. 김섬은 사춘기 시절을 독립적으로 보냈다. 열여섯 이후로 성당에도 나가지 않았고 가능하면 입을 다물고 조용히 지냈다. 엄마는 동호 아저씨에게 빠져 있었다. 김섬은 대학 입학을 위해 서울로 가면서 어쩌면 슬구포를 떠난 것과 마찬가지였다.

마지막으로 이곳에 왔던 건 십여 년 전이었다. 애매하게 이어 오던 엄마와 동호 아저씨의 관계가 결혼이라는 합의로 공식화되었던 즈음이었다. 김섬은 엄마를 이해하고 싶지 않았다. 늘 자신의 욕망을 먼저 헤아리고, 지나간 것에 대해 미련 없이 정리해 버리는 엄마가 김섬에겐 냉정하고 이기적인 사람으로 보였다. 김섬은 자신이 슬구포를 찾아올 구실과 명분이 더는 없다고 판단했다. 엄마도 동호 아저씨와 행복한 시간을 보내는 것 같았다.

거실 벽에는 여전히 조타기 핸들을 이용해 만든 벽시계가 걸려 있었다. 아버지는 십 대 후반에 고래잡이배 선원들의 식사를 담당하는 '화장'으로 취직했고, '곁눈질'로 포경 기술을 익혀 이등 갑판원까지 승진했다.

김섬은 중고등학교에 다니는 동안 사용했던 문간방 쪽으로 향했다. 예전 집에 기역 자로 거실과 이어져 있던 마루는 없어지고 실내를 확장해 곧장 마당과 이어지게 고쳤다. 김섬은 문간방의 방문을 조용히 열었다.

방에는 허브 향이 배어 있었다. 침대는 반듯하게 정돈되어 있고 어디선가 잘 마른 빨래 냄새가 났다. 손때 묻은 책상과 옷장도 무뚝뚝하게 자리를 지키고 있었다. 옅은 하늘색 벽지와 모노륨 바닥재, 천장의 네모난 형광등도 그대로였다. 다락문 위에 걸린 허브 스머지 스틱은 갈색으로 바짝 말라 있었다. 로즈메리와 스피아민트, 털별꽃아재비가 기억에서 떠올랐다가 사라졌다.

적당한 온기가 올라오는 방바닥에 두 손바닥을 갖다 댔다. 김섬은 침대에 걸터앉아 열린 문으로 마당을 내다보았다. 담장 밑 화단에는 배롱나무가 심겨 있었다. 배롱나무는 자주 허물을 벗었다. 상처 딱지 같은 수피가 떨어지면 부드럽고 매끈한 새 수피가 나왔다. 엄마는 배롱나무를 바라보며 삼독을 벗어던져야 하는 수도승을 떠올렸고, 건우 엄마는 자꾸 옷을 벗어야 하는 창부의 팔자를 한탄했다.

십 년 전만 해도 화단에는 수국이 무더기로 피어났다. 엄마는 꽃이 해마다 규칙적으로 피지 않는다며 수국을 꺼렸다. 그

꽃은 아버지가 처음이자 마지막으로 다녔던 정유회사의 개축 현장에서 가져와 마당에 옮겨 심은 거였다. 아버지는 그 꽃을 볼 때마다 자신에게 과분했던 한 시절의 행복을 떠올리며 김섬에게 얘기해 주었다. 어린 김섬은 아버지가 전하려는 의미를 전부 이해하지 못했지만, 그가 현재의 삶에 만족하지 못하는 까닭을 어렴풋하게나마 짐작할 수 있었다. 아버지가 원했던 건 거친 바다의 삶이 아니었다. 아버지는 늘 지상의 삶을 꿈꾸었다. 매일매일 같은 시간에 출퇴근하고 주말에는 가족들과 시간을 보내는 가장. 일요일에는 가족 모두가 함께 미사를 보러 가는 삶을 꿈꾸는 소박한 사람이었다.

휴대전화 벨이 울렸다. 엄마였다. 그러잖아도 김섬은 카페에 가지 않겠다고 전화하려던 참이었다. 통화 버튼을 눌렀다.

"섬아, 후남이 숙모다. 얼른 온나. 니 보고 갈라꼬 기다리고 있다. 여보세요?"

"아, 안녕하세요?"

반가운 목소리였다. 김섬은 후남 외숙모의 목소리를 듣자 꽉 막혀 열리지 않던 병마개가 어느 순간 저항 없이 열리는 기분이 들었다. 김섬은 전화를 끊고 외출 준비를 했다.

카페 야외 테이블에서 자몽을 잘라 씨를 바르던 여자들이 일을 끝내고 가게 안으로 들어왔다. 모두가 오래전부터 이웃이었다. 더러는 다른 동네로 이사 갔으면서도 여전히 가까이 지냈다. 가장 반가워하는 사람은 후남 외숙모였다. 십 년 전과 달리 머리가 백발로 바뀌어 중후한 분위기를 만들며 세련미를 풍겼다. 엄마를 포함한 여덟 명의 여자는 그동안 바리스타 자격증을 취득해 카페를 열었다. 새해도 아닌데 덕담이 오갔다.

카페 안쪽에는 지역민의 소규모 행사를 위한 공간이 갖춰져 있었다. 한쪽 벽에 걸어 놓은 양팔 길이의 플래카드 아래 한 무리의 사람들이 모여 있었다. 플래카드에는 '당신들의 식물일지'라고 쓰여 있었다. 그 아래에 "당신이 키우는 반려 식물과 지역의 식물을 찾아 사진으로 기록하고 글쓰기를 통해 당신의 내면을 살펴봅니다"라고 적혀 있었다.

"섬이 네 친구가 다녀갔는데, 들었나?"

후남 외숙모가 포크로 사과를 찍어 김섬에게 건넸다.

"지난여름 휴가 때 왔었다. 확실히는 모르겠고, 프랑스 사람 통역한다고 왔었지."

엄마가 커피 머신 앞에서 아이스커피 두 잔을 만들어 손님에게 내주고 김섬 쪽으로 왔다.

"형님, 섬이 친구 왔던 게 팔월 말이었제?"

후남 외숙모가 엄마에게 물었다.

"으응, 그랬지."

엄마가 김섬과 후남 외숙모를 번갈아 보며 조심스레 말했다.

"네 방에서 자고 갔어."

엄마가 김섬을 돌아보았다. 김섬은 말없이 엄마를 쳐다보았다. 왜 그 얘기를 안 했는지 눈으로 따져 물었다.

"매번 말하려다 깜빡했어." 엄마가 미안하다고 했다.

"알고 보니 이 동네에 해외 입양인 가족이 있더라."

후남 외숙모가 고개를 갸웃했다.

"십 년 전이었으면 온 동네가 수군댔겠지만, 지금은 모두 다 늙었잖아. 이해 못 할 게 하나 없다."

엄마가 비밀을 누설하듯 작게 말했다.

"어디 있대요, 혜람이?"

"아, 연락처 받아 냉장고에 붙여 뒀다."

누군가가 재밌는 농담을 했는지 안쪽 자리에서 와하하, 웃음이 터졌다.

오늘 초빙된 강사인지 위아래 검정 옷을 입은 세련된 여자가 자리에서 일어났다.

"그럼, 나무와 더불어 살아가는 삶에 관해 얘기해 볼까요?"

여자의 목소리가 대극장 배우처럼 힘 있고 낭랑했다.

"가로수는 공해에 강해야 해요. 공기를 순환시키고, 미관도 확보해야죠. 그리고 도시에 통일성을 주어야 한다는 사실도 중요합니다."

"저녁에 너 좋아하는 고래찌개 해 줄게."

엄마가 빙긋이 웃으며 김섬을 바라보았다.

아버지는 날이 흐리거나 비가 오는 날이면 엄마에게 고래찌개를 주문했다. 아버지가 엄마에게 전수한 조리법이었다. 아버지의 조리법은 고래잡이배를 타던 선원들이 끓이던 방식 그대로였다. 음식 솜씨가 좋은 어머니가 이런저런 맛을 추가해 끓이면 아버지와 어린 김섬은 행복하게 먹었다. 고래고기는 부위별로 맛이 다르고 모든 부위가 씹으면 씹을수록 고소한 맛이 났다. 특히 우네는 고래 배 부위로 조글조글 골이 졌는데 찌개에 넣어도 맛있지만 '막찍기'로 젓갈에 찍어 먹으면 더 좋았다.

김섬은 커피잔을 씻은 후 조용히 카페를 나왔다.

방파제까지 달려와 부서지는 잔물결이 고래가 몰아쉬는 숨결 같았다.

김섬은 혜람이 언제까지 연락하지 않을 생각이었는지 궁금했다. 오래전 깨진 추억들이 잔물결 위에서 날카롭게 반짝거렸다. 지금이라는 시간에 정박하지 못하고 현재의 변방을 떠도는 시간이었다. 김섬은 잘 어울리는 위치에 걸린 그림 같은 추억을 갖고 싶었다.

김섬은 궁금했다. 아니, 사실은 궁금하지 않았다. 각자의 현실이 있고, 생각의 다름이 있을 것이다. 김섬은 자신의 현실과 자신이 인지하고 있는 다름을 좀 더 사적으로 간직하고 싶었다. 그런 생각 끝에 발을 헛디뎠다. 백 년 전에도 고요했을 슬구포 바다가 휘청거리는 김섬을 부축해 주었다.

폐업한 식당 앞 화단에 무더기로 핀 설악초의 눈부시도록 흰 잎이 자기만의 방식으로 우거져 바람에 흔들렸다. 어디선가 삼색 털 고양이가 나타나 화단 난간으로 오더니 김섬을 올려다보았다. 한쪽 눈이 함몰되어 있었다. 어쩌면 태어날 때부터 한쪽 눈이 없었는지도 몰랐다. 녀석은 호기심이 왕성했다. 김섬은 녀석 앞에 쪼그려 앉아 주먹 쥔 손등을 내밀었다. 녀석은 김섬의 손등에 코를 가까이하고 쿵쿵거렸다. 그러고는 무심하고도 의젓하게 앉아 멀리 바다 쪽을 바라보았다. 이번엔 검정고양이가 어슬렁거리며 '삼색이' 곁으로 다가왔다. 김섬은 휭하니 해안가로 갔다.

서쪽 끄트머리 자리에서 동남아계로 보이는 사람들이 낚시를 하고 있었다. 열 살은 먹었을까. 사내아이가 고개만 돌려 중년 남자에게 외국어로 말했다. 구릿빛 피부에 눈이 크고 하관이 짧아 귀염성스러운 얼굴이었다. 선글라스를 쓴 아버지는 시선을 낚싯대에 둔 채 아이에게 건성으로 대꾸했다. 이미 양동이에는 물고기가 가득했다. 개중엔 배를 뒤집고 거품을 뿜는 녀석도 있었다. 나비 날개 같은 화려한 빛깔의 지느러미가 찢겨 있었다. 김섬은 계선주에 걸터앉아 아이에게 물고기의 이름을 물어보았다. 아이가 "성대"라고 한국어로 말했다. 그러고는 무릎을 세우고 앉아 무료한 눈빛을 바다로 던졌다.

십 년 만에 슬구포를 찾아온 김섬은 표면을 통해 깊이를 가늠할 수밖에 없었다. 바다 위를 오가는 선박과 밤낮으로 뿜어대는 공장의 연기, 시선을 보내는 곳마다 맞닥뜨리는 고래 그림이며 조형물들, 도로 위의 대형 트레일러까지 모두 슬구포를 구성하는 인자 같았다.

영업 중인 가게들 사이에 방치되거나 재단장하는 가게가 보였다. 예전 김밥집 입간판은 오랫동안 넘어진 채로 방치된 듯 녹이 슬어 있었다. 인부들 서넛이 걸어가는 길 끝에서 저녁이 천천히 내려앉고 있었다. 닻을 내린 선박들과 삭막한 공장 지대 위로 일몰이 내려앉고 굴뚝에선 연기가 피어올랐다. 이윽고 박명이 어딘가 불완전한 거리를 감쌌다. 김섬은 한기를 느꼈다. 따뜻한 공기가 떠다니는 방이 그리웠다.

다락문에 걸려 있는 허브 스머지 스틱은 혜람의 솜씨였다.
지난여름 이곳에 들렀을 때 뒷산에 올라가 허브를 꺾은 모양
이었다.

"너 어쩌다 이렇게 몸이 불었어?"

집으로 돌아온 엄마가 정색하며 물었다.

"요즘 일을 안 해서 그래."

김섬은 그렇게 좋아하던 고래찌개에 숟가락을 대지 않았
다. 대신 한 번도 먹어 본 적 없는 돼지 귀가 갑자기 먹고 싶
어졌다. 엄마가 동네 돼지국밥집에 전화를 걸어 물어보았다.
다행히 그곳에 돼지 귀가 있었다. 엄마는 오랜만에 외식하자
고 김섬을 부추겼다. 김섬은 식욕이 사라지기 전 얼른 식당에
도착하고 싶어 서둘렀다.

돼지 귀와 혀와 볼살 따위의 부속물이 잔뜩 들어간 국밥이
눈앞에 놓였다. 돼지는 버릴 게 하나도 없다더니 맞는 말이
야, 엄마가 말했다. 식감은 쫄깃하고 부드러웠다. 엄마는 김
섬을 멍하니 지켜보다 아무 말 없이 그릇을 비웠다. 저녁 식
사가 끝나자 엄마는 아이스크림을 먹으며 동네를 산책하자
고 했다. 엄마는 녹은 아이스크림이 손을 더럽히는 줄도 모르

고 멀찌감치 떨어져 누군가와 전화 통화를 했다. 통화를 끝낸 엄마가 갑자기 김섬의 손을 잡아끌었다. 김섬이 목적지를 물어도 그냥 따라오라고만 했다.

해수사우나. 슬구포에 있는 유일한 목욕탕이었다. 김섬은 해수사우나의 이름이 포구목욕탕이었을 때부터 이곳에 드나들었다.

"다음 달이면 여기도 없어져. 오랜만에 따뜻한 물에 몸 좀 담그고 가자."

엄마가 막무가내로 목욕탕 문을 밀고 들어갔다. 이십 년째 목욕탕을 지키고 있는 삼천포 아주머니가 쪽창으로 고개를 내밀며 두 사람을 반갑게 맞았다.

실내는 텅 비어 있고 물이 탕에 가득 채워져 있었다. 목욕탕 특유의 냄새가 아릿하게 떠다녔다. 엄마는 옛날처럼 김섬의 몸에 비누칠해 주려고 했다. 하지만 김섬이 킬킬대며 자꾸 몸을 옹송그리는 바람에 비누칠을 그만두고 탕에 들어갔다. 김섬은 무심코 눈길을 던지다 엄마의 왼쪽 가슴 위에 쐐기처럼 난 상처를 발견하고 손을 뻗어 만져 보았다. 엄마가 김섬의 손을 살짝 뿌리쳤다.

"그거 뭐야? 언제 그랬어?"

"별거 아냐."

엄마가 탕 벽에 기대앉아 눈을 감았다.

"종양이 하나 있어서 들어냈는데 다행히 낭종이었어. 노인한테는 잘 생기지 않는다는데 별일이지."

"왜 말 안 했어?"

"동호 아저씨가 너 걱정한다고 알리지 말랬어. 악성도 아니었고."

"그래도 내가 혈육이잖아? 하나밖에 없는 엄마 딸."

"그러니까 연락 안 했지. 동호 아저씨도 병 많다. 당뇨에 전립선도 안 좋고, 신장도 나빠서 매일 약 먹어. 그래도 마음만은 아직도 청춘이다. 하하하."

엄마의 웃음소리가 실내에 퍼졌다.

"섬아, 여기 슬구포는 피항이잖아. 지난번 태풍 왔을 때도 배들이 모두 저 안쪽으로 들어가서 아무 탈이 없었다. 수심이 보기보다 깊어 큰 배도 들어왔다 나가고. 여기는 사람도 포구를 닮아 가더라. 여기는 안전해."

엄마가 골똘한 표정으로 김섬을 쳐다보았다.

"너 엄마한테 할 말 있으면 해야 한다. 살아 보니 남들 신경 쓸 거 없더라. 기쁜 일도 힘든 일도 어차피 네가 겪는 일인 거고."

김섬은 망설일 것도 없이 알았다고 대답했다.

"집에는 너 오고 싶을 때 오면 돼."

"엄마, 이미 눈치챘겠지만 나 아이 가졌어."

김섬이 엄마를 바라보았다. 엄마가 물속에서 자세를 고쳐 앉더니 성호를 그었다. 그리고 한동안 눈을 감고 기도했다.

"괜찮아. 어쨌든 생명을 지켰잖니."

엄마의 얼굴에서 물방울인지 눈물방울인지 알 수 없는 물줄기가 계속 흘러내렸다. 김섬은 엄마에게 다가갔다.

김섬은 다락 구석에서 웅크리면 어른 한 명이 들어갈 수 있을 만큼 큰 상자를 찾아냈다. 상자에는 에이포(A4) 종이가 붙어 있었는데 '이 안에는 사적인 물건이 들어 있으니 절대 열어 보지 마시오'라고 쓰여 있었다. 딱히 열어 볼 사람이 있는 것도 아니었는데, 김섬은 고등학교 시절이 떠오르자 피식 웃음이 났다. 상자 안에는 어릴 때 가지고 놀던 우쿨렐레가 있었다. 그녀는 악기를 조율해 줄을 퉁겨 보았다. 당신은, 당신은 사랑받기 위해 태어난 사람. 아버지의 미놀타 카메라와 여러 권의 노트들, 음악 시디들, 마트료시카를 비롯한 목각 인형이 들어 있었다. 김섬은 네이비블루 인조가죽 커버의 다이어리를 집어 들었다. 잠금 단추를 열자, 노트 속에 끼워 두었던 스티커 사진이 무릎 위에 떨어졌다. 혜람과 대학 축제 때

찍은 사진이었다. 중학교 때 2박 3일 여름 피정을 마치고 찍은 사진도 보였다. 시내 분식집에서 떡볶이를 실컷 먹고, 신발을 사고, 아무 날도 아니었던 날들이 모두 특별해 보였다. 김섬은 밝고 환한 자신의 표정에 비해 혜람의 얼굴이 딱딱하고 쓸쓸해 보여 새삼스레 마음이 무거워졌다. 무슨 고민이 그리도 많았을까. 어쩌면 혜람의 진지한 눈빛이 주변을 무겁게 가라앉혔는지도 모른다. 그리고 상자 바닥에서 건우의 손 편지를 발견했다. 죽은 벌레들처럼 줄을 맞춰 바짝 마른 글씨들. 그날 골목길에서 김섬을 도와주지 못하고 전봇대 뒤에 숨어 있던 자신을 용서하라는 내용이었다. 그날 이후로 건우는 김섬 앞에 나타나지 않았다. 김섬은 더 늦기 전에 혜람을 만나야겠다는 생각이 들었다.

25

며칠 전 내린 눈이 산 정상 부근에 드문드문 남아 있었다. 눈 쌓인 풍경은 고요하고 따뜻하게 느껴졌다. 이곳에 혜람이 있다. 혜람은 이제 더는 아프지 않다. 날마다 빼먹지 않고 일지 같은 일기를 쓴다고 했다. 혜람이 운영하는 설악동 게스트하우스는 이제는 폐허가 된 설악동 모텔촌 근처에 있었다.

막다른 골목에 기와지붕이 보였다. 건물 안으로 들어가려면 대여섯 개의 돌계단을 올라야 했다. 디귿 자 모양의 건물 중앙에는 제법 널찍한 방이 있었고, 마당을 사이에 두고 좌우로 여덟 개의 방이 마주 보는 구조였다.

마당엔 농기구와 기와 따위가 나와 있었다. 지붕에서 떨어지는 빗물 자리에 맞춰 물길을 파다가 중단한 모양이었다. 농기구가 지나간 자리가 삐뚤빼뚤했다.

혜람은 보이지 않고 외국인 남자 두 명이 툇마루에 걸터앉아 휴대전화를 들여다보고 있었다. 김섬을 보더니 환하게 웃었다. 곱슬곱슬한 금발 남자 옆에 앙증맞은 우쿨렐레가 놓여 있었다.

"이거, 연주하세요?"

김섬이 손으로 우쿨렐레를 가리키며 영어로 물었다.

"네."

금발의 남자가 한국어로 대답했다. 할 줄 아는 한국어 네 마디 중 하나라고 했다. 한국어를 잘 못해 미안하다고 금발이 말했다. 원래는 이보다 큰 파인애플형 콘서트 우쿨렐레를 연주하는데 여행길이라 작은 사이즈를 가지고 다닌다고 했다.

"공원 입구에서 버스킹을 했는데 호응이 별로였어요."

그가 어깨를 한번 으쓱했다.

"저도 어릴 때 가지고 놀았어요." 김섬이 말했다.

김섬은 그의 소매 밑으로 살짝 드러난 타투를 보았다.

"좀 볼 수 있을까요? 내가 타투이스트거든요."

그가 문제없다며 소매를 걷어 올렸다. 만다라였다. 대칭감을 잘 살린 패턴이 레터링 타투처럼 얇은 선으로 그려져 있었다. 우쿨렐레 줄처럼 투명한 느낌을 주었다.

그런데 잉크색이 오묘했다. 연한 녹색과 진한 녹색이 자연스럽게 섞여 패턴을 채웠다.

"컬러가 신비롭네요."

김섬은 타투에서 눈을 떼지 못했다.

"이건 특수 잉크를 사용했어요. 세 가지 색소를 사용했는데," 그가 김섬의 눈을 바라보았다. "그린, 레드, 블루예요. 이 잉크들은 내 감정 상태에 따라 색깔이 변해요. 내 말 이해하세요? 즉 내 몸에서 분비되는 호르몬에 따라서 변한답니다. 그린 상태는 세로토닌이나 도파민, 옥시토신과 반응했을 때예요. 지금 전 알파파가 증가해 행복한 상태인 거죠. 레드는 제가 짜증 나거나 화가 났을 때 나타나요. 부신에서 분비되는 노르아드레날린의 영향인데 스트레스에 직면했다는 뜻이죠. 그리고 아마 당신도 짐작했겠지만, 블루는 제가 우울하다는 증거예요. 코르티솔 때문이죠. 이때는 면역력을 키워야 해요."

김섬은 입을 헤벌린 채 그를 바라보았다.

"타투가 건강 지표로 활용되고 있네요? 아직 한국에선 그런 잉크를 보지 못했어요."

"비싸요." 그가 은근슬쩍 말했다.

"비싸도 쓰고 싶네요, 사람들에게 유익한 거잖아요? 사진을 찍어도 될까요?"

그가 싱긋 웃으며 고개를 끄덕였다. 그의 옆에 앉은 남자는 체격이 튼실한 군인 같았다. 짧은 머리에 포마드를 바르면 잘 어울릴 눈빛이었다. 그가 자신을 에단, 그리고 금발을 루카스, 라고 소개했다. 에단이 바람막이 점퍼를 벗고는 왼쪽 어깨를 드러내어 타투를 보여 주었다. 거기엔 여권처럼 각양각색의 출입국 도장이 새겨져 있었다. 몇몇 도장은 바늘이 진피까지 너무 깊이 들어갔는지 피부 내에서 잉크가 번져 라인이 뭉개져 있었다. 의도하진 않았겠지만 그게 도장의 사실감을 더해 주었다.

"대한민국 도장도 새겨야 하는데 해 줄 수 있어요?"

"아, 좋아요, 서울에 사니까 전화나 메일로 연락하세요."

김섬은 그에게 명함을 건넸다.

"삼십 분을 기다렸는데 혜람이 안 오네요. 우린 버스 시간 때문에 가 봐야 할 것 같아요." 에단이 말했다.

"사흘 동안 고마웠다고 전해 줄래요?" 루카스가 말했다.

"그럴게요, 이제 어디로 가세요?" 김섬이 물었다.

그들은 서울에서 속초로 곧장 와서 사흘을 지낸 후, 동해안

큰 도시들을 거친 다음, 부산에서 제주도로 넘어간다고 했다. 그리고 제주도에서 나흘을 지내고 서울로 돌아갈 계획이었다. 다음 목적지는 강릉이었다.

"단풍철에 와도 좋겠어요."

루카스가 아직 잔설이 남아 있는 앞산을 보며 말했다.

"여긴 사월까지 눈이 온대요." 김섬이 말했다.

오늘 아침에 폭포를 보러 산에 갔다가 군데군데 남아 있는 단풍을 봤다고 루카스가 말했다. 별안간 착상이 떠올라 그 자리에서 곡 하나를 만들었다며 우쿨렐레를 연주했다. 김섬은 그의 연주를 가만히 듣다가 웃음을 터뜨렸다. 영화 〈센과 치히로의 행방불명〉에 사용된 배경음악이었다.

그들은 각자의 배낭을 메고 손을 흔들며 마당을 나섰다. 김섬은 주위를 둘러보았다. 입구 가까운 왼쪽 끝방에 손님이 있는지 댓돌 위에 흰색 즈크화가 놓여 있었다.

토방에는 다육식물이 나와 있었다. 햇볕이 따뜻해서 다행이었다. 어디서 수키와를 얻어 왔는지 흙을 얕게 깔아 멋스러운 화분으로 사용했다. 다육식물 잎이 쭈글쭈글했다. 햇볕과 물이 모자라는 모양이었다. 마당의 수돗가에는 스프레이 노즐을 장착한 호스가 있었다. 김섬은 토방에 내놓은 화초에 물을 주었다.

마루가 초겨울 햇볕을 받아 따뜻하게 데워졌다. 김섬은 혜람에게 도착했다는 문자를 보낸 후 깜박 잠이 들었다. 꿈도 없는 잠을 자는데 누군가 이름을 불렀다. 눈을 뜨니 버킷햇을 쓴 혜람이 눈앞에서 생글거리고 있었다. 예전보다 살이 쪄 인상이 약간 달라 보였는데 마치 가시가 다 빠진 고슴도치 같았다. 두 사람은 가만히, 오래 포옹했다.

"피곤하지?"

혜람이 모자를 벗고 마루에 걸터앉았다.

"햇빛 좋다."

김섬이 고무줄로 뒷머리를 묶고는 하늘을 올려다보았다. 티끌 하나 없이 파란 하늘이 쩽했다.

"어디 갔다 왔니?"

"응, 윗동네 절에. 단체 손님 오면 숲 해설 하러 가."

혜람이 말했다.

"더 추워지면 숲은 또 달라지겠지. 아이들한테 며느리밥풀 꽃이나 미스킴라일락 같은 얘기를 들려주면 막 좋아해."

혜람은 김섬을 돌아보았다. 그녀의 귀 뒤에 새겨진 타투를 손끝으로 어루만졌다.

"그대로네."

"그럼, 평생 가져가겠지. 넌?"

혜람은 고무줄바지 허리를 들추더니 배꼽 아래를 보여 주었다. 거기엔 엘리건트 폰트로 '액시스 문디(Axis Mundi)'라고 새겨져 있었다. 김섬은 손톱 크기만 한 글자들을 손끝으로 더듬었다. 다행히 바늘로 인한 흉터는 없었다. 엘리건트 폰트는 굵지만, 윤곽만 살린 글씨체라서 가볍고 비어 보였다.

"빈 데를 채우는 건 어떨까?" 김섬이 말했다. "그러면 좀 더 베이식한 느낌이 날 것 같은데."

"좋아." 혜람이 고개를 끄덕였다.

"국수 삶을까?" 혜람이 허브 화분에서 마른 잎을 솎아 냈다.

"너만 괜찮다면 잠깐 산책해도 좋겠는데. 걷고 나면 배도 고플 테고."

"그럼 차 한잔하고 나가자."

혜람이 김섬의 캐리어를 들고 큰방으로 들어갔다. 김섬이 종종거리며 혜람을 쫓아갔다.

사무실로 쓰는 큰방은 손님들이 음악을 듣거나 차를 마시거나, 빈방이 없을 땐 객실로도 사용하는 공간이라고 했다. 혜람이 통나무 다탁 위에 차를 준비했다. 다탁에서 흐릿한 나무 냄새가 났다. 육송을 벌목해 땅속에 삼 년간 묻어 두었다가 꺼내 만든 작품이라고 했다.

"요즘 손님 많아?"

김섬이 다탁의 촘촘한 나이테를 손끝으로 쓸었다.

"산이 있으니까, 산 좋아하는 사람들은 언제든지 와. 국적 나이 성별 상관없이."

혜람이 찻잔을 김섬 쪽으로 밀어 주었다.

"이거 백 년이 넘은 철병차야. 오랜 벗이 찾아왔으니 내놓아야지?"

"생색을 다 내시네?"

철판처럼 아주 딴딴하게 눌러서 보관한 차였다. 연거푸 석 잔을 마셨더니 머리가 어질했다.

"참, 외국인들이 너 못 보고 간다고 대신 인사 전해 달라더라."

혜람이 찻잔을 내려놓더니 눈썹을 치켜떴다.

"아, 하노버 가 형제들! 돈은 주고 갔니? 강릉 가는 버스를 내 카드로 결제했거든."

김섬은 고개를 저었다.

"체크아웃할 때 준다고 했는데 말이지."

혜람이 멍멍하게 김섬을 바라보았다.

"메일 보내 봐."

"송금하라고?"

혜람이 고개를 절레절레 저었다.

"여전히 남 좋은 일만 하시네."

혜람은 그제야 생각이 났는지 객실을 치우지 않았다며 외국인이 묵었던 방으로 들어갔다.

"어, 이게 뭐야?"

그녀는 방문 앞에서 김섬을 불렀다.

방 안에는 사용한 이불이 개켜져 있고, 이불 위에는 두 명값의 버스 요금이 놓여 있었다. 그리고 벽에는 "정말 편안히 지내다 갑니다. 고맙습니다."라고 한글로 비뚤게 쓴 쪽지와 낙엽으로 만든 꽃다발이 걸려 있었다.

정우가 자전거를 들고 게스트하우스 마당으로 들어섰다. 혜람이 김섬과 함께 삽괭이로 마당을 다지고 있었다.

"서울에서 온 내 친구"라고 혜람이 김섬을 소개했다. 그러고 나서 정우를 김섬에게 소개했다. 김섬은 정우의 이름이 낯설지 않았다. 언젠가 혜람에게서 그의 얘기를 들은 것도 같았다.

정우는 어제 이곳에 도착했다. 어머니 기일이 며칠 전이었다. 어머니 위패를 이 지역 사찰에 모신 것도 혜람의 영향이 컸다. 단풍철이 지나서인지 사찰 주차장은 한산했다. 정우는 뒷좌석에서 커다란 비닐 가방을 집어 들고 경내로 들어갔다.

가방 안에는 워터 튜브를 꽂은 수국과 유칼립투스가 포장지에 싸여 있고, 사각 유리 꽃병이 있었다.

정우는 곧장 명부전으로 갔다. 수국과 유칼립투스를 꽂은 꽃병을 불단 위에 올렸다. 전각을 관리하는 보살님에게 꽃이 시들면 다음에 와서 가져갈 테니 꽃병만 법당 뒤에 두시라 부탁했다. 벽 하나를 가득 채운 위패 중에서 어머니의 것을 찾아보았다. 매번, 높은 곳이라 어지럽지 않을까, 하는 엉뚱한 걱정을 했다.

정우는 법당을 나왔다. '행복한 명상 숲'으로 가려고 개천으로 내려갔다. 숲의 정식 입구는 개천 남단까지 걸어가서 다리를 건넌 후 들어가야 하니까 꽤 돌아서 가는 셈이었다. 이 길은 지름길이었다. 여름이면 두 방향에서 흘러온 개울물이 이 개천에 모여 어딘가로 흘러가는데 지금은 바닥을 드러낸 채 바싹 말라 있었다.

키 큰 나뭇가지 사이로 햇빛이 잘게 부서져 떨어졌다. 숲길엔 아직 썩지 않은 밤송이들이 그대로 있었다. 흙내를 맡으며 숲 안쪽으로 걸어가다가 문득 걸음을 멈추었다. 그 장소까지 갈지 말지 잠깐 망설였다.

열 개의 통나무 그루터기가 원 모양으로 놓인 이곳에서 사람들은 마주 보거나 혹은 등을 돌리고 앉아 명상을 하는 모양이었다. '행복한 명상 숲'이라고 적힌 안내판이 그루터기 뒤쪽에 세워져 있었다. 정우는 개천이 보이고, 절 쪽으로 가는 오르막길이 한눈에 보이는 그루터기에 조용히 앉았다. 정우는 어머니를 생각했다.

어머니는 혜람의 게스트하우스에서 마지막 두 달을 보냈다. 설악동에서 지내며 산책하고 좋은 음식 먹고, 잠도 충분히 자서 컨디션이 좋아진다고 했었다. 그런데 치료 과정 끝에 나타난 후유증으로 지독한 말년을 보냈다.

외로운 사람들. 아프고 쓸쓸한 기억들이 정우의 머릿속을 떠다녔다.

정우는 혜람이 알려준 대로 호흡에 집중하며 눈을 감았다. 하나에서 스물까지 숫자를 세면서 들숨에 집중하고, 다시 스물에서 하나까지 세면서 날숨에 집중했다. 그다음에는 들숨과 날숨 사이에서 잠시 멈춰 숫자를 헤아렸다.

숲은 숨기에 좋은 장소였다. 얼마나 시간이 지나야 일상의 사건들을 담담히 받아들일 수 있게 될지 정우는 정말 궁금했다. 어머니는 어째서 당신의 신앙까지 저버리고 마지막 시간을 이곳에서 지내고 싶어 했는지도.

26

먼 시선으로 설악산 자락을 바라보고 있던 김섬은 문득 처음 사귀었던 남자 친구가 생각났다. 과 동기였던 그는 다른 과 여학생들에게도 인기가 있었다. 그렇다고 함부로 여자를 사귀는 타입은 아니었다. 그러나 그런 태도를 신중함이라고 하기엔 좀 애매했다. 그때 그와 함께 설악산에 온 적이 있었는데, 그게 어느 계절이었는지, 설악산에 머물면서 무엇을 하며 시간을 보냈었는지 도무지 기억나지 않았다. 그의 아버지는 유명한 정치인이었는데, 그 친구와 함께 있으면 그의 아버지와 같이 있는 느낌을 받기도 했다. 그는 자신의 미래를 망

칠지도 모르는 사소한 여지까지도 철저히 관리하고 예방하며 살았다. 김섬은 생의 첫 섹스를 그와 치렀다. 처음이어서 고통스러웠다. 그가 콘돔 하나로는 안심할 수 없다며 두 개를 덧씌워 사용해 더욱 아팠는지도 몰랐다. 사사건건 신중하게 예방하며 살던 그는 어이없게도 독감 예방 접종 부작용으로 생을 마쳤다.

혜람은 누군가에게 전화를 걸었다. 통화 내용으로 봐선 상대방은 스님 같았다.

한옥은 지은 지 얼마 안 됐는지 서까래 빛깔이 두드러지게 밝아 나무 냄새가 풀풀 날 것 같았다. 혜람은 김섬과 정우를 데리고 한옥 건물 앞으로 갔다. 대문을 열고 들어가니 비구 스님이 마루에 서서 기다리고 있었다. 혜람을 따라 두 사람은 스님에게 합장 인사를 했다. 송강 스님이라고 했다. 건장하고 이마가 훤했는데, 사람을 마주 볼 때와 그러지 않을 때의 인상이 달라 인격체가 다른 두 사람을 보는 것 같았다. 진지하고 엄격한 표정으로 사물을 응시하다가 어느새 다정하고 천진한 눈빛으로 사람을 쳐다보았다. 스님이 안내하는 방으로 들어갔다.

방에는 송진 냄새가 떠다녔다. 큰 창으로 구름 한 점 없는 하늘이 보였다. 스님이 차를 준비했다. 차를 한 모금 마신 혜람이 입을 열었다.

"스님이 제게 주신 거랑 맛이 비슷하네요."

"같은 거 나눈 거예요." 스님이 말했다.

차 맛이 좋다고 말하며 정우는 찻잔을 가만히 내려다보았다. 김섬은 진하고 텁텁한 맛이 낯설어 한 모금만 삼키고 잔을 내려놓았다.

"얼마 전 원주 가는 길에 교통사고 날 뻔했잖소."

스님이 고개를 절레절레 흔들었다.

"어디 다치진 않으셨어요?" 정우가 물었다.

"할머니가 갑자기 쑥 들어오는데 얼마나 놀랐던지."

스님은 하마터면 무단 횡단하는 할머니를 칠 뻔했다고 말했다. 급히 핸들을 꺾어 중앙분리대를 받았고, 다행히 옆 도로와 뒤쪽에 차가 없어 다른 피해를 보지 않았다고 했다. 정작 할머니는 별일도 아니라는 듯 유유히 현장을 떠났다고 했다.

"이젠 운전이 겁나요." 스님이 말했다.

"부처님이 지켜 주시는데도요?" 정우가 말했다.

"그것과는 다른 차원의 얘기요."

스님이 고개를 흔들며 혀를 찼다. 스님이 탁자 위에 올려둔 꽃병을 보면서 말을 이었다.

"이 꽃병 같은 불안, 이걸 안고 살아가잖소. 언제 깨질지 몰라 걱정하면서."

"꽃병을 내려놓으면 안 될까요?" 다시 정우였다.

"그게 쉽지 않죠. 사람인지라, 그래서 수행하는 걸 테고요."

"명상으로 안 될까요?"

"적적성성(寂寂惺惺), 앉아만 있는다고 깨달음이 오는 것도 아니고."

어쨌든 고요한 가운데 깨어 있기. 주변을 알아차리는 것뿐이라고 스님이 말했다. 언제 어디서 일어날지 모르는 사고 앞에서 적어도 평상심을 발휘하는 게 중요하지 않겠냐고 그가 말했다. 창밖으로 띠 모양의 구름이 나타나고 있었다.

"스님, 궁금한 게 있어요." 김섬이 말했다.

"명부전 편액에 한자로 '명부전'이라고 쓰여 있잖아요, 그런데 '명' 자가 좀 이상해서요. 사전에 표기된 '명' 자는 어두울 '명(冥)', 민갓머리 변을 사용하는데 왜 갓머리(宀)가 얹혀 있을까요?"

"그래요? 여기 사는 나도 모르는 일이네요."

"언젠가 중국 스님한테 물어본 적이 있어요." 혜람이 말했다. "중국에서도 사용하지 않는 글자라며, 명부전이 죽음과 관련이 있으니, 하늘을 가리키는 손가락 한 마디를 추가한 게 아닐까, 그렇게 추측하시더라고요."

"농담 같은 진담이고, 진담 같은 농담이네." 정우가 헤헤 웃었다.

그들의 대화에 지난주 설악산 종주를 마치고 혜람의 게스트하우스에 들러 하룻밤을 묵고 간 수호와 매슈의 얘기가 나왔다. 수호는 프랑스 친구가 한국에서 초콜릿 사업을 시작하는데 파트너로 도와줄 모양이라고 했다. 김섬은 잘 알지 못하는 사람들이었다.

혜람은 스님이 찻잔을 다 정리할 때까지 기다린 후 김섬과 정우에게 그만 일어서자고 말했다. 송강 스님은 저녁에도 좋으니 차 생각나면 언제든 오라고 말했다. 정우는 스님을 따라 이 지역에서 유명한 수제 장인 빵집으로 나들이를 갔다.

차가운 공기 속에 따사로운 햇볕이 떠다녔다. 혜람은 김섬에게 숲길을 안내했다.

"이 꽃 좀 봐."

김섬이 허리를 숙여 잔설에 파묻힌 청보라색 꽃을 들여다보았다. 꽃받침의 끝부분이 잘게 갈라져 있었다.

"현호색이네, 갈퀴현호색." 혜람이 말했다.

김섬은 휴대전화 카메라로 꽃을 찍었다.

"이런 꽃은 대체 어디서 오는지 정말 궁금하다."

김섬의 두 눈이 반짝거렸다.

키 큰 나무들 사이로 오전 햇살이 반짝거렸다. 이렇게 햇살이 쏟아지는 날엔 다짜고짜 떠난 사람들이 생각난다고 혜람이 말했다. 잘 지낸다고, 아무 걱정하지 말라고 그들이 보내는 안부처럼 따사롭게 느껴진다고 했다.

김섬은 홍지표에 대해 말하기 시작했다. 혜람은 한 번도 그를 만난 적이 없었다. 김섬의 이야기를 듣자 혜람은 까마득하게 멀어진 인지행동치료센터의 프로그램 장면이 떠올랐다. 끊임없이 눈물을 흘리면서 글을 쓰던 빨간 머리 여자는 테이블 위에 얼룩진 티슈를 쌓아 놓았었다. 한숨을 쉬면서 허공을 바라보던 파란 눈의 대머리 남자는 얼굴이 붉어진 채 그저 펜을 쥐고만 있었다. 퇴임을 앞둔 교장 선생님은 번번이 자크 프레베르의 시를 모방해 썼었다. 모두가 우주를 떠도는 외톨이 별 같았다. 혜람은 적당한 단어를 찾지 못해 자주 멈추었다. 붉어진 뺨, 벼랑, 밤새 불 켜진 버스 정류장, 자전거를 탄 뒷모습, 그런 말들이 떠오르면 혜람은 섬이 보고 싶어 숨이 가빴었다.

섬은 사선으로 떨어지는 햇빛 아래서 혜람의 손을 끌어당겼다. 혜람이 손을 빼려고 하자, 섬은 손에 힘을 주었다.

"왜 생각이 바뀌었니?" 혜람이 걸음을 멈추었다.

"마지막까지 지우려고 했었어. 그런데, 갑자기 실감이 났어. 또 하나의 섬이 생긴 거야."

그날 섬은 눈물이 흐르는 것을 어쩌지 못했다.

섬은 손에서 힘을 뺐다.

"네가 도와주면 잘 키울 것 같아."

혜람은 대답 대신 다시 섬의 손을 힘주어 잡았다.

27

    김섬은 집을 옮겼다. 한강이 가까스로 보이는 마포의 산동네였다. 동네 초입의 대로 건너편에는 신축 고층 아파트 단지가 들어서 있고, 김섬이 사는 집은 대로 맞은편 가파른 오르막길 끝에 있는 벽돌집이었다. 건물 앞쪽으로 널찍한 나대지가 있었고, 아무도 돌보지 않는 관목이 공터의 가장자리를 따라 심겨 있었다. 김섬은 새로운 버릇처럼 오르막을 다 올라오고 나면 걸어온 길을 돌아보았다. 길의 중간에 관절처럼 불거진 지점이 있었는데, 거기서 차들은 속도를 줄이며 조심스레 지나다녔다. 시멘트 포장길은 김섬의 집 못미처 끝이 났다.

길은 공터를 가로질러 건물 뒤에서 야트막한 산등성이로 이어져 있었다. 이사한 날 짐을 풀기도 전에 숲으로 가려고 건물을 끼고 돌아가 보았다. 하지만 철망 울타리가 숲을 에두르고 있어 그녀는 멀리서 바라보기만 했다. 성기게 들어선 낙엽수와 이름을 알 수 없는 나무들이 짙은 그림자를 품고 서 있었다.

타투 스튜디오는 당분간 후배에게 맡기기로 했다. 김섬은 얼마간 아무것도 하지 않고 쉬고 싶었다.

별안간 센바람이 부는지 결로가 생긴 창문이 덜컹거렸다. 김섬은 창가에 놓아 둔 필레아 화분으로 시선을 보냈다. '자구'라고 하는 새끼들이 원줄기에서 계속 번식했다. 어떤 사람은 삽목한 화분이 이미 백 개가 넘는다고 했다. 김섬은 처음 원줄기에서 자구를 떼어 낼 때 손이 떨렸다. 마치 생명을 해치는 기분이었다. 하지만 마음을 굳혀 이제 막 줄기가 만들어진 새끼들을 과감히 제거했다.

침대에 누워 창문에 들어찬 하늘을 올려다보았다. 문득 주위가 고요히 가라앉고 먹구름이 빈틈없이 하늘을 잠식했다. 아무래도 눈이 쏟아질 것 같았다. 창문 너머 삐죽 보이는 보일러 연통에서 허연 연기가 솟아올랐다. 김섬은 멍하니 새의

날개를 닮은 연기의 형상을 바라보다가 침대에서 일어나 앉았다. 문득 자신이 봉제 인형처럼 느껴졌다. 어쩌다 실밥이 풀어져서 속을 채운 내용물이 밖으로 쏟아지면 인형은 형태를 갖추지 못하고 쓰레기로만 남을 것 같았다.

김섬은 꽃집 문에 붙은 원데이 클래스 광고문을 들여다보았다. 이사 온 동네에 익숙해지려고 자주 산책하러 나갔다. 혼자 들어가도 좋을 밥집이 어디에 있는지, 한적한 카페는 어디 있고, 약국은 어디 있는지 살펴보며 다니다가 꽃집을 발견했다. 인도에 면한 단층 주택의 벽을 터서 출입문을 낸 가게였다. 꽃집이 김섬의 마음에 든 이유는 드라이플라워라든가 장식성 소품이 눈에 띄지 않고 가게의 바닥과 선반을 채운 토분들 때문이었다. 화분에는 선인장이나 다육식물, 독특한 수형을 가진 화초가 심겨 있었다.

문을 밀자 작은 종이 딸랑거렸다. 꽃 냉장고에서 푸르스름한 빛이 흘러나왔다. 화려한 빛깔의 꽃들은 가게 안쪽 작업대가 있는 공간에 비치돼 있고, 냉장고에도 미리 만들어 둔 꽃다발은 보이지 않았다. 안집으로 통하는 문이 있는 쪽에서 문소리가 들리고 앞치마를 두른 남자가 나와 인사했다. 턱수염 라인이 제법 멋들어지게 잡혀 얼굴에 나름의 분위기를 만들었다. 김섬은 꽃장식 만들기, 일일강좌에 등록했다. 강사는 이경준이라는 사람이었다.

털모자를 쓴 옆자리의 여자는 영국의 플로리스트 제인 패커의 햇박스를 만들겠다고 했다. 이름 그대로, 모자 상자 뚜껑을 열면 스프링이 튕겨 나오듯 꽃 무리가 확 퍼지게 꽃꽂이하는 방식이었다. 물에 적신 플로럴 폼을 상자에 넣고 주된 꽃부터 꽂아 나가면 되었다.

털모자와 같이 온 친구는 꽃다발보다 오래 키울 수 있는 팔루다리움을 원했다. 습지 생태계를 만들기 위해 입구가 넓은 원형 유리그릇에 테라보드와 화산석, 유목을 넣고 식물들을 심었다. 이끼류를 붙일 때는 활착에 도움을 주기 위해 먼저 생명토를 붙였다. 그리고 노치도메와 싱고늄도 심었다. 그릇 바닥 쪽을 습지처럼 표현해서 아쿠아리움과 테라리움이 공존하는 분위기를 만들었다.

김섬은 끈으로 줄기를 한데 묶어 꽃다발을 단순하게 만들고자 했다.

"꽃다발이 가장 어려운 단계예요."

남자가 꽃을 쥔 김섬의 손 모양을 바로잡아 주며 말했다.

"아, 그래요? 전 반대로 생각했어요." 김섬이 풉, 하고 웃었다.

"가시 제거기 좀 주세요."

털모자가 핑크 장미를 손에 들고 말했다.

"가시는 하나씩 가위로 자르는 게 더 좋습니다. 줄기에 상처가 나면 물속에서 미생물이 증식하거든요."

남자는 누구에게랄 것도 없이 가시를 자를 땐 잊지 말고 꼭 장갑을 끼라고 말했다. 그리고 잘 안 드는 가위로 뜯어내듯 줄기를 자르면 물관이 막히니까 반드시 잘 드는 가위를 사용해야 한다고 말했다.

"어떻게 꽃집을 하시게 됐어요?"

털모자의 친구가 물었다.

"꽃은 말이 없거든요."

남자가 싱긋 웃었다. 자주 받는 질문인 듯 망설이지 않고 대답했다.

"말하는 걸 싫어하세요?"

"말하지 않아도 행복합니다."

"식물을 좋아하는 사람은 대상을 통제하기 좋아하는 성격이라던데 어떻게 생각하세요?"

털모자가 물었다.

"식물을 만만하게 보지 마세요."

남자가 끌끌 웃었다.

꽃은 생각보다 무겁고, 무섭고, 며칠이 지나면 쓰레기가 된다고 말했다. 꽃 도매시장에 가거나 무거운 화분을 들려면 체력이 필요하고, 꽃다발 하나를 만들더라도 색과 형태의 조화가 중요하기 때문에 많이 보아야 한다고, 세상에 쉬운 일은 없다고 말했다.

"식물들은 소리 없이 천천히 변해 가요. 수동적으로 사는 것 같지만, 오히려 자생적인 시간을 살죠. 나무가 자라는 속도를 눈으로 볼 수는 없어도 오늘의 나무는 어제의 그 나무가 아니랍니다."

김섬은 살아오면서 자신이 너무 많은 식물을 죽였고, 앞으로 더 많이 죽일지도 모른다고 생각했다. 식물들은 도무지 알 수 없는 이유로 죽었다. 식물의 속마음은 좀처럼 알 수가 없었다.

누군가 스위치를 내린 것처럼 순식간에 바깥이 어둑해졌다. 뒤이어 요란한 천둥소리, 연달아 번쩍거리는 번갯불. 통유리 창 너머로 우산을 펼치거나, 비를 피해 뛰어가는 사람들이 보였다. 남자는 조금 전 가게를 떠난 두 사람을 걱정했다. 김섬은 두 손으로 배를 감쌌다. 별다른 움직임은 느껴지지 않았다. 김섬은 아이를 생각하면 바다 한가운데 떠 있는 섬이 생각났다. 또 하나의 섬. 지금은 탯줄로 연결되어 있지만 곧 태어나자마자 곧바로 아이는 독립된 생을 꾸려 가게 될 것이다. 비록 자신이 품고 있지만 아이는 이미 하나의 개별적 존재로 인식되었다.

"요즘은 계절에 상관없이 큰비가 쏟아져요."

남자가 시선을 길가에 둔 채 말했다.

불현듯 김섬은 아주 오래전 어느 비 오던 날이 떠올랐다. 비를 쫄딱 맞고서 집으로 돌아왔는데 어쩐 일인지 집에는 아무도 없었다. 어린 그녀는 젖은 속옷까지 모두 벗은 채 마루에 서서 쏟아지는 비를 바라보았다. 온몸을 오들오들 떨면서 엄마를 걱정했다. 고막을 때리는 천둥소리와 번쩍번쩍 세상을 찢어 놓는 번갯불. 그때 느닷없이 정전이 되었다. 어린 그녀는 무섬증이 들어 울부짖으며 대문 밖으로 뛰쳐나갔다. 빗물이 콸콸대며 골목에 차올랐다. 눈앞을 가로막는 거센 빗줄기가 얼굴을 때렸다. 주위를 둘러봐도 사람 하나 보이지 않고, 어느새 큰길이 물에 잠겼다. 하늘과 바다의 경계가 지워지고, 비는 거대한 휘장처럼 풍경을 가렸다. 어린 그녀는 팔등에 떨어져 깨지는 빗방울을 무심코 보았다. 빗방울은 실상 그녀를 아프게 하지 않았다. 정오의 그림자처럼 그제야 불안과 공포가 사라지고, 어린 섬은 자신이 알몸 상태라는 걸 비로소 알아챘다.

꽃집 남자가 의아하다는 듯 김섬을 건너다보더니 티슈를 뽑아 그녀에게 내밀었다. 그녀는 자신이 울고 있는 것도 몰랐다. 남자가 따듯한 홍차와 증편이 담긴 접시를 그녀 앞에 내려놓았다. 그녀는 조용히 움직이는 남자의 손을 찬찬히 보았다. 오른손 엄지와 검지 사이에 흉터가 길게 패여 있었다. 피부색에 맞게 색소를 측정해 흉터를 커버하면 자연스러울 것 같았다.

"천천히, 비 그치면 가세요."

남자가 설핏 미소 지었다.

남자는 양동이에서 수국 다발을 집어 테이블에 올렸다. 그러고는 비스듬히 자른 수국 줄기 끝을 뜨거운 물에 담갔다. 물에 잠긴 줄기 끝에서 공기가 뽀글거리며 빠져나왔다. 십여 초가 지나고 기포가 잦아들자 남자는 수국을 찬물에 옮겼다.

"이렇게 하면 확장된 물관으로 물을 빨아들이니까 꽃이 다시 싱싱해져요."

남자가 김섬을 돌아보았다. 김섬은 대답 대신 고개를 끄덕였다.

어디서 왔는지 작은 벌레 한 마리가 테이블 위를 기어다녔다.

"이게 뭘까요?" 김섬이 말했다.

남자는 김섬의 손끝이 가리키는 곳에 얼굴을 가까이 가져갔다. 죽은 듯이 걸음을 멈추고 꼼짝하지 않는 벌레 한 마리.

"소나무허리노린재네요."

남자가 고개를 갸웃했다.

"어떻게 왔을까?"

남자는 벌레가 들어온 입구를 찾기라도 하는 듯 주변을 두리번거렸다.

작가의 말

—프랑스를 좋아하세요? 파리지엔이 내게 물었다.

—좋을 것도 싫을 것도 없습니다.

프랑스는 도약대처럼 내 삶이 다른 차원으로 옮겨가도록 도와준 셈이었다. 실패와 끔찍한 낙담의 시간, 무수히 생성되는 한계에 부딪혀 허우적거렸다. 그럼에도 나는 불행하지도 행복하지도 않았다. 그 모든 것이 한 세계를 이루었고 그리하여 나는 소설을 썼다.

초고를 완성하는 동안 즐거웠으나 대부분의 등장인물이

죽음의 그림자를 끌고 다녔다. 흔하디흔한 죽음. 그 죽음들이 내게 상속한 질환. 제대로 인사도 못 하고 떠나보낸 사람이 있다. 고통을 주는 기억과 폐기할 수 없는 마음. 당신의 유언을 거스르고 소설을 쓴다.

한낮의 대로변이었고, 나는 호흡이 가빠져 나무를 붙든 채 눈을 감았다. 감은 눈앞에 맴도는 검은 빛의 소용돌이. 기우뚱, 다리가 후들거려 다시 눈을 떠야만 했다. 길바닥에 그대로 누워 버리고 싶었지만 그러면 정말 끝장일 것 같아 나무를 붙잡은 손에 힘을 주었다.

어쩌면 학위논문 심사를 앞두고 18일 동안 잠을 자지 않았던 그때 생긴 병일지도 모르겠다. 극심한 공포가 밀려오면 복식호흡을 시작한다. 하나, 둘, 셋…… 파도는 사방에 있다. 김섬이라는 이름의 파도, 박혜람이라는 이름의 파도. 제각기 다른 모습을 하고 있지만 그 모든 파도는 바다였다는 것. 바다인 김섬과 바다인 박혜람. 그들은 둘이 아니라는 것을 깨닫기까지 오래 걸렸다. 부디 파도에 갇히지 마라.

김섬은 상처로 상처를 가린다. 그것은 부활이고, 타투는 그녀의 조언에 다름 아니다. 박혜람은 진지한 눈빛으로 수백 수천 가닥의 중첩된 선으로 채워진 그림을 본다. 안팎이 따로 없고, 공간의 구분도 사라진 선 앞에서 그녀는 생각한다. 어떤 사랑도 모든 것을 보여 주지 않는다고. 숨겨진 그 무엇이 진실이라고.

첫 책이 나오기까지 도움을 주신 분들이 많다. 세계일보사와 나무옆의자의 관계자분들께 고마움을 전한다. 세계문학상 심사위원님들께 머리 숙여 감사드리고, 온 마음을 실어 원고를 봐 주신 차은선 선배님께 오래 감사드린다. 비로소 제방을 벗어나 바다를 만난 기분이다.

이제 김섬과 박혜람을 남겨두고 나는 이만 물러납니다.

추천의 말

  동성애와 이성애가 교차하고, 프랑스와 한국이 마주 보고, 마침내 슬구포에서 모든 인연의 구슬이 환해지는 이 소설은 현학적이다. 그럼에도 현학이 작품 속에 아울린다. 관념을 다루는 작가의 솜씨가 예사롭지 않으매, 이 소설을 여는 쿠르베의 자화상 〈상처 입은 남자〉(오르세)는 상징적이다. 지독하게 자유를 사랑한 화가의 자기애를 보여주는 이 그림이 구경(究竟), 함께 자유로운 비-의존(非依存)에 이르는 두 주인공의 운명을 표상하는 것도 그렇지만, 식물적 상상력 또한 종요롭다. 우듬지들은 이웃 나무들과 빛을 골고루 나눈다는

"꼭대기의 수줍음"을 상기컨대, 일체중생의 근본적 상호의존성에 대한 식물적 수락이야말로 두 주인공을 성장시키는 동력이거니, 소설의 처음과 끝을 둥그렇게 감싸는 소나무허리노린재는 그 살아 있는 화두일 것. **최원식**(문학평론가)

김섬과 박혜람이라는 두 인물의 사랑에 대한 원근법. 한국과 프랑스를 오가는 공간과 문화의 변주. 도슨트와 타투이스트의 서로 다른 프로페셔널한 미적 탐험. 그리고 이 모든 것들을 둘러싼 채 만남과 이별을 직조하는 관계들. 이 소설은 사랑과 관계에 대한 작가의 해석에 진지하게 귀를 기울이는 한편 그 디테일한 여정에 흥미롭게 동참하도록 만든다.
은희경(소설가)

주인공은 김섬과 박혜람 두 사람이지만 소설의 끝에 이르면, 이들 근처에서 혹은 멀리서 떠돌던 외톨이별의 이야기들이 하나의 성운처럼 소설을 둘러싸는 느낌에 사로잡힌다. 희망과 슬픔에 대한 각자의 감각을 존중하는 섬세한 시선에서 비롯되었을 그 느낌은 두 주인공이 각자의 자리에서 세상을 마주 보고 있는 소설의 처음과 끝, 사소한 반복을 아름다운 우연으로 만들어내고 있는 이야기의 구조에도 힘입고 있다.

소리 없이 진행되는 삶의 균열을 알아채는 예민한 언어의 안 테나는 미미한 회복의 기운을 향해서도 신뢰할 만한 균형을 유지하고 있다. 때로 남루한 의상을 걸치고 있을망정, 우리는 홀로 연기를 하고 있는 것은 아니다. 『김섭과 박혜람』은 보기 드문 소설의 고전적 기품을 갖추고 그렇게 말하고 있는 듯하 다. **정홍수**(문학평론가)

삼십 대는 어떤 나이였을까. 소설을 읽는 내내 그런 생각에 사로잡혔다. 소설의 표현을 빌리면 삼십 대의 클리셰는 무엇 이었을까? 인생 대신 '일상'이라고 슬그머니 바꿔 말하기 시 작한 때가 그 무렵이었던 듯하다. 삼십 대는 장례식이 더 이 상 낯설지 않은 나이이기도 했다. 기억의 부피만큼 상처가 쌓 였다고 할까. 그런데도 어른이 되기는 했을까 여전히 의심스 러웠다. 『김섭과 박혜람』은 상처를 딛고 다시 시작하는 사람 들의 이야기다. 상처로부터 가까스로 치유된 이들의 사연을 경청하노라면 비단 삼십 대 시절만의 아픔은 아닌 듯하다. 지 금도 어떤 문제들이 여전한 걸 보면 이 소설이 궁구하는 자아 찾기는 곧 전 생애를 관통하는 어떤 여정에 대한 이야기가 아 닐까 수긍하게 된다. **전성태**(소설가)

좋은 소설이란 무엇일까.『김섬과 박혜람』은 소설의 본령에 대해 오래간만에 생각하게 해준 소설이다. 소설은 작고 작은 이야기들로 채워져 있다. 이 이야기들은 트렌드를 따르기는커녕 반복되어 익숙하기까지 한 이야기이다. 다 알 것 같은 이 이야기들을 따라가다 보면 어느 순간 적당히 추하고 적당히 인간미가 있는 우리 내면의 머뭇거림, 그 순간 반사적으로 작동하는 근육의 작은 떨림과 대면하게 된다. 이 소설을 읽고 나는 가까운 곳에 진리가 있다는 소설의 메시지에 고개를 끄덕이면서도 그 길의 끝에서 직접 확인해보고 싶어졌다. 익숙하면서도 새로운 소설.『김섬과 박혜람』은 좋은 소설이다.

하성란(소설가)

취향이나 시대의 흐름과 무관하게 오롯이 그 자체로 빛나는 작품을 만날 때가 있다. 드문 일이기에 더 소중하고 기쁘다. 작가가 신인이라면 그의 성장을 지켜보고, 완성을 확인할 수 있겠다는 기대까지 깃든다.『김섬과 박혜람』은 그런 기쁨과 기대를 안겨준 작품이었다. 섬세하고 감각적인 묘사는 읽는 즐거움을, 마지막 장을 넘긴 후 밀려드는 긴 여운은 '나'와 타인 혹은 우리의 관계에 대한 진지한 성찰로 이끈다. 설레는 마음으로 작가의 정진을 기대한다. **정유정**(소설가)

눈물맛이 나는 소설이다. 비리고 짭짤하고 서러운데 읽고 나면 한껏 개운하다. 작가는 인생의 성패가 어디에서 구분되는지 누구보다 잘 알고 있는 것 같다. 짐을 분실했을 때 우리가 해야 할 일은 잃어버린 짐을 되찾기 위한 전력투구가 아니다. 오히려 상실이 가져다준 변화의 길목에서 잃어버린 경험이 주는 삶의 혜택을 힘껏 받아 내는 것이다. 되찾는 건 사실상 의미 없는 일이다. 찾았을 때 이미 그 주인은 다른 사람이 되어 있을 테니까. 그 과정에서 인물들이 겪는 다채로운 감정은 그때마다의 풍경에 생동감 넘치게 반영되어 있다. 어느 한 문장도 평범한 데가 없다. 독창적이지만 즉각적 공감을 불러일으키고 시적이면서도 정확하게 원하는 바를 전달한다. 어디에서도 본 적 없는 이 묘사들이 『김섬과 박혜람』을 다른 모든 소설과 구분되는 단 하나의 소설로 만든다. 비리고 짭짤하고 서럽지만 살아내면 한껏 개운한 것이 인생이다. 눈물맛을 즐기게 하는 소설이다. **박혜진**(문학평론가)

김섬과 박혜람

초판 1쇄 인쇄 2024년 5월 10일
초판 1쇄 발행 2024년 5월 17일

지은이 임택수
펴낸이 이수철
주　간 하지순
교　정 차은선
디자인 최효정
마케팅 오세미, 전강산
영상콘텐츠기획 김남규
관　리 전수연

펴낸곳 나무옆의자
출판등록 제396-2013-000037호
주소 (10449) 경기도 고양시 일산동구 호수로 358-39 동문타워1차 703호
전화 02) 790-6630 팩스 02) 718-5752
전자우편 namubench9@naver.com
인스타그램 @namu_bench

ISBN 979-11-6157-178-2 03810